刘年·著

楚歌

Chu Ge

liu nian·zhu

中国青年出版社

图书在版编目（CIP）数据

楚歌 / 刘年著．——北京：中国青年出版社，
2020.1

ISBN 978-7-5153-0615-5

Ⅰ．①楚…　Ⅱ．①刘…Ⅲ．①诗集－中国－当代
Ⅳ．① I227

中国版本图书馆 CIP 数据核字 (2019) 第 264058 号

策划出品：小众书坊 Poetic Books
责任编辑：彭明榜＋吕达
装帧设计：孙初＋文小婧

中国青年出版社 出版 发行
社址：北京东四 12 条 21 号
小众书坊地址：北京东城区后圆恩寺胡同甲 1 号
电话：(010) 64011190
网上销售：京东商城小众雅集图书专营店
北京精彩世纪印刷科技有限公司印刷　　新华书店经销

889mm×1194mm　1 / 32　9.5 印张　213 千字
2020 年 1 月北京第 1 版　2020 年 1 月北京第 1 次印刷
定价：55.00 元

纸，在唱些什么（自序）

刘年

1

有人，问我何求，有人，问我何苦。
只有小烟，问我何忧。

2

一谈到诗，就那么不确定。
仿佛在谈鬼神。
仿佛驾着一叶扁舟，沧海到处路，不知去何处。
经常会受到技术、知识、思想、道德的引诱，失去方向感。
这时，《诗经》就是我的灯塔。
雅和颂，是技术、知识、思想、道德的集合。
我的所爱，都在“风”中。
我的方向，就在“风”的来处。

3

在一阵雷，和另一阵雷的空白处。
听，纸在唱些什么。

4

很多诗人认为，诗是写给少数知己的。

甚至有诗人认为诗是写给自己的，以卖出两百本为耻。

他们的作品很有深度，人格也很高尚。

但我的诗歌，是写给大多数识字的人看的。

希望喜欢我的读者越多越好，我的诗集卖得越多越好。

我是一个匠人，希望努力得到承认和回报，我爱自己的产品，我会像种瓜的老农一样叫卖。

我爱诗歌这门手艺，希望她不要远离生活，不要远离人们的视线。

不要变成古董，变成非物质文化遗产，要专款专人来保护。

甚至，我还想用诗歌，为焦虑的人们，祈福，安神。

5

“诗歌控制了你，你毫无反抗的余力。甚至，你都没想过反抗。”

——小烟如是说。

天气闷热，她决定去倒垃圾，顺带淋淋雨。

“一阵雷，和另一阵雷的空白处，有闪电，像白骨一样，埋入了深夜”。

她说，犹豫了一阵，最终，没敢下楼。

6

美是漂亮，是苗条，是年轻，性感，开衩很高的丝绸青花旗袍。

同样，美也是成熟，体贴，勤劳，小枣花的围裙。

美是朴实，也是华丽。美是简单，也是复杂。美是智慧，也是笨拙。美是古典，也是野兽。美，是画面，是视觉。美是力量，是呼唤，是打动。美是自然，也是自然转弯处的惊喜。美是挣扎和扭曲，美是惊恐，美是冒犯，美是危险，是破坏。美会像疾病一样感染别人，而且没有疫苗。美是沉重的，却能使时光轻巧。美是不幸的，却能使回忆重现。美是维纳斯，美是观音。在美学的殿堂里，观音和柳如是，是平等的。美是梵高和高更本人。美是绽放的伤口。美是狙击步枪，瞄向哪里，哪里就会绽放。美能使战士手软，能让手无寸铁的人成为战士。

美是善，美是真。美，甚至是丑。

每一个大师，都在给美学的王国开疆拓土。美，是总在发育的孩子。

美，无法完美。

尝试尊重、理解、接受不唯美的美，诸如毕加索、“垮掉的一代”、废话体、余秀华、安迪·沃霍尔、杜尚、周星驰，诸如眼镜蛇、鳄鱼、疣猪、秃鹫、狗尾草和浑浊的金沙江。

造物主是无以伦比的美学大师。

7

小烟，年纪不说，哪里人不说，做什么的，也不说。

——她的脸颊，有陡峭之美。

8

推广诗歌是种功德。

自古以来，中国的诗歌，就是入世的，济世的。

将左言右寺的诗字，理解为语言的寺庙，太合适了。

诗歌无用，不能参加高考作文，不能升官发财，不能寻人找物。

寺庙无用，不能办公，不能卖给开发商做民宿。

二者都在无用处有着大用。

因为有寺庙镇邪，土地贫瘠、气候恶劣的青藏高原，山川依旧，人心静美。

因为有唐诗宋词，封建文明进入了黄金时代。

菩萨通过经文，诗人通过诗歌，普渡众生。

经文有六字箴言，诗歌有八字箴言：尊重生命，尊重自由。

9

“我被你那本新书划伤了手指，而且还出了血”。

——小烟如是说。

10

如果先锋意味着先进的话，我是后卫诗人。

喜欢落后的事物。

喜欢那个陈旧的词语：爱。

足够深，足够真，足够宽的时候，爱会大起来。

大起来的爱，不仅包括情爱，友爱和亲情的爱，还有对别的家族别的民族别的肤色别的信仰人们的爱，不仅有对人类的爱，还有对别种生命的爱，对那些没有生命的事物的爱，如山脉和河流，对一些非物质事物的爱，如艺术、如真理、汉语、希望等等。有些大诗，有些大词，技术和天赋已经无能为力，必须倾注大爱，驱动和控制。由爱而产生的慈悲、愤怒、痛和恨，才是有根的，有力的。爱是诗之魂，是感染力之源。爱，如同用蜡烛点蜡烛，你的火焰并不会损失什么，但世界会因此多一分光明、温暖和希望。

大爱有个专业术语：情怀。

情怀——这个被先锋诗人丢弃的缺了口的陶钵，又被我从垃圾堆里翻出来。

我把它托在手里，招摇过市。

11

“你的诗集的一大好处，就是你丢在候车室，占座，不会有人拿。”

——小烟如是说。

12

首先，取下高跟鞋、围巾、发卡，取下所有让人感觉到束缚的东西。

取下微笑。喝一杯咖啡。

选一则自己喜欢，或者觉得有意思的日记，分行排列。日记来源于生活，是对自己自然的倾诉，饱含着真诚，是做诗歌的好材料。接下来需要做的就是裁剪，减去不必要的主语，减去不必要的形容，不必要的虚词，不必要的介绍和注释性内容，做减法的时候，要心狠手辣。不要怕别人不懂，我们得把读者当成知己或者爱人。简洁能迅速使日记的语言变成诗的语言，具有张力和想象空间。

诗学第一定理：落差会产生瀑布，也会产生诗意。落差巨大的两样事物放在一起，自会产生诗歌所需要的矛盾、磨擦、撕咬。诗学第二定理：力量与落差的幅度成正比，和转折的幅度成正比。诗学第三定理：张力，等于信息量除以字数。

最重要的最关键的，找一个焦点，进行诗意处理。在不损伤自然的前提下，用递进、转折、比喻、夸张、扭曲变形、增加细节等手法，制造意外、跌宕、失重、新奇和惊喜。诗歌有一个简单粗放的判断标准，就是看你的文字能否让人记住，别人能记住，基本上就不算很差了。就好比送一个陌生人过马路，顺畅地送到了，别人不会记着你。让别人受到紧急刹车的惊吓，让别人在电线杆撞个鼻青脸肿，甚至直接给别人绊倒，别人就会记着你了。

诗学第四定律：无论写得再满意，都不要拿去炫耀。放到冰箱里冷却三五天，再拿出来，你会发现当时的满意，都是幻觉。反复修改，用工匠的态度修改，虔诚地安放每一个字。

刚开始的时候，不赞成直接抒情。抒情不仅很难收敛感情，而且对语言要求极高，不仅要做到准确简洁，还要做到灵动，要在语言内部产生戏剧性，每一句都不能松懈。叙事比较容易写好一些，语言做到准确、简洁即可，好的故事自带逻辑，自带起承转合，自带诗意。

小烟，初级阶段，诗是可以学的。

我们每个人都做过诗人，很小的时候。

13

乔治·莫兰迪，这个一生只画瓶瓶罐罐的人。

这个一生只出过一次博洛尼亚的男人。

朴素、柔和、安静、冷漠、神秘。

以不变应万变，以一粟应沧海，以日常应永恒。

“不能重复，要不断地突破自己”，世人强调的艺术法律，在他的功室里，变成了虚荣。

同时，也让人更加信任“大道至简”。

小烟，我要买一套莫兰迪色的棉质衣裙，送给你。

14

无用，支撑着有用。

大地无边无际，我们走路的时候，脚印下的地方，才是有用的。

星光是无用的，不能取暖，也无法照明。把星空关掉，地球将不复存在。

我们拆除过大而无用的寺庙。

结果，魑魅魍魉，没了管束。

15

封圣，是厚古薄今，是权威的崇拜，对怀疑精神和开拓精神的重压。

药圣、医圣、书圣、诗圣、画圣、茶圣是可疑的。我们有人还擅自把贝多芬奉为乐圣。幸好西方人没有承认，后人的创新、颠覆显得轻松很多。以至于各种音乐至今充满了叛逆的活力，有些音乐人的影响力，不亚于贝多芬。

随着网络的普及，知识的拓展，对艺术理解的加深、人均寿命的增加和新汉语的成熟，以及应酬唱和的作品减少，新诗超越唐诗宋词，是水到渠成的事。如今，我就更喜欢读那些优秀的新诗，有些真诚、亲切、微妙、复杂和震撼的地方，是读古诗很难找到的。

古诗，如同坦克集团军，整齐划一，势如破竹。

但是，高山深谷、地下室、15 楼的宿舍，是抵达不了的。

新诗，是特种部队。

16

迷恋诗歌里的慢。迷恋诗歌里的单纯和简单，公平和正义。

迷恋诗歌里的我能掌控的词语。

迷恋诗歌里的眼睛、舌头和牙齿。

迷恋诗歌里的小，小发明、小发现、小惊喜，以及小李飞刀一样的来路不明。

迷恋诗歌里，科学家、政治家、银行家、军事家无能为力的那一部分。

17

古典美，侧重视觉和意境。

现代美，侧重于打中、打动、打痛的力量。

以前旅行，喜欢去景区，喜欢视觉的震撼。

现在，注重路上的体验，喜欢捕捉让自己心动的事物。

小烟，你不生气的时候，是古典美。

你生气的时候，就是现代美。

18

赋予黯淡的事物，以光芒。

赋予死去的事物，以体温、以呼吸、以力量。

赋予苍凉而物质的尘世，以温暖、爱和希望。

诗人正在做的事，是上苍曾经做过的事。

伟大的诗人，是人类的先知，担任着人类的巫师、医师、政客、战士的角色。

荷马的史诗，是古希腊文明甚至是欧洲文明的源头。

但丁用《神曲》，拉开了文艺复兴的序幕，然后才催生了工业文明。

在中国，《诗经》和《楚辞》是中国文化的源头。

我把老子也看成诗人，《道德经》是一首81节的组诗。

屈原、陶潜、李白、杜甫、苏东坡至今还是中国文化的灵魂。

西方的诗人，身份越来越单纯，蜕变为一个个写诗的人。

中国的诗人，依然得承担多种身份。

魏晋风骨，开始了中国的文艺复兴，艺术家开始追求自由和个性的解放。

于是，诗、书、画、文，同时往高处走，到唐宋达到了顶峰。

可惜被弯刀，斩断了。

19

小烟啊，不要向一个诗人问路。

他不会指引你回家，也不会指给你康庄大道。

他指给你的方向，都有危险。

因为他指给你的地方，都是美的。

20

笔像宠物一样，久不抚摸，会越来越生疏。

不要轻易搁下。

对于写诗，我没有太多的天分，总不能一气呵成。一首诗刚出来时，总是觉得好，经过读者的批评和长时间的冷静，毛病会一一显现。然后，反复地改，几年前的都改，发表过的、出了书的也改。有的诗改烂了，有的诗改死了，大多数的诗，就是在这样反复修改中慢慢定型完整的，我享受修改的过程，像一个小将军，指挥两千多汉字组成的军队在打仗，有时输，有时赢，但我们不踏庄稼，不烧民房，不占土地，也不担心投降后被活埋。改死的诗，也不扔。过些年，有了新的发现，它可能又会活过来。也可能作为别的诗的一部分，活过来。

修改能让孤独变得温润，能让雷雨和闪电，渐渐平息下来。

修改能让人对词语产生情感和手感，能让深夜，变成深山。

修改，就是修行。

21

一个人骑摩托走，何苦呢，走得那么远、那么难，又何苦呢。

——小烟如是说。

喜欢，是最大的理由。喜欢大西北，悲剧的人生和悲壮的大西北会形成共振和共鸣。浮躁、惶恐、茫然的时候出去，朝圣一样出去，每次回来，都会获得安宁，喜欢那种方向、速度、路线、目的，完全在自己的掌控中的感觉。

其次，为了写作。享受自由的我，最接近幸福，最宽广、最柔软、最悲悯、最敏感，仿佛一片安静辽阔的湖水，能感知一片落叶，一个眼神，一个手势，一点星光。这时候的观察，最细腻也最深入。哪怕什么都没发现，写作的人都知道，你读过的书，你走过的路，你看过的山水，最终都会进入你的身体，并在你的文字上，表露出来。到了大自然中，很多事物的本质，就清晰了。就拿食物来说，我们现在把它当成美食，当成一种欲望的满足物。最初的食物，是关乎生存的。路上我基本不带干粮，于是食物从奢侈的佳肴变成了生存的必需品。又比如火，在城市的日常生活中，变得可有可无，最多是炒炒菜。但在寒冷的摩托车旅途上，冻得手生痛麻木，头脑意识模糊的时候，你在路边生一堆火，就能体会到，火其实是朋友，是爱人，是信心和希望。

年纪越大，得到的也越多，年纪越大，失去的也越多，诸相皆虚妄，珍惜都无用，努力都是空。在摩托车上，有风和阳光，有寒冷、有酷热、有饥饿、有干渴、有孤独、有害怕，能清晰地感受路的战栗和大地的不平，这会唤醒并调动我身体内部所有的感官，让我知道，我活着，我存在。

用存在感，对抗虚无感。这也是我写诗的重要原因。

诗歌是口供，证明自己曾经如此这般地活过。

22

孤独的主题，比爱情，还要接近永恒。

随着高科技的日新月异，孤独，将是每个人未来必须面对的难题。

而诗歌是化解孤独的利器。

在我看来，孤独约等于自由，自由约等于幸福。

写诗，是抵达幸福的捷径。

23

三大艺术，都不约而同地走向了自由。

诗歌，从精致唯美、格律严整的古典诗词，走到了放任不羁的新诗。

音乐，从正襟危坐的歌剧、京剧、交响乐，到赤着上身的摇滚。

绘画，从细节逼真而题材宏大的古典油画到粗暴狂野的后印象派、立体主义。

到杜尚完全摧毁了艺术的壁垒，到安迪·沃霍尔进一步将艺术平民化。

我们不需要再纠结于什么是艺术了，什么是非诗了。

我们需要做的只是在自己喜欢的领域，把喜欢的风格做到极致，做到自己不再喜欢为止。

24

新诗也有节奏和旋律。

这种节奏和旋律，和我们日常的说话相吻合，和我们心跳与呼吸相吻合。

我称之为汉语新诗的成熟。

她去除了暴力的口号成分，不再是在高高的主席台上的振臂高呼。

她去除了装腔作势的炫耀成分，不需要在高高的舞台戏剧化地表演。

她去除了晦涩隔膜的翻译成分，不需要西装革履打着领结用专业的播音腔高声朗诵。

她是在台灯下，或者黄酒边，或者夜雨里，看着对方的眼睛，轻轻地念的。

带着方言，不要紧，念掉了字，补上就行。

因此，现在的诗歌，可以像倾诉一样，让世界安静下来。

可以像倾诉一样，让警察和偷面包的人，成为朋友。

因为倾诉，小烟破泣为笑。

25

经常把自己关在15楼的宿舍里。

把窗帘也拉起。

好些日子不下楼。

醒来就喝咖啡，最好的精力，总是用于写诗。

两三个小时后，精神涣散了，用于看书。精神最差的时候，用于琐事和消遣。为了睡好，为了下次醒来不用立即吃饭而浪费最好的精力，我会吃完饭马上又睡，如此循环，不舍昼夜。向死而生，会懂珍惜和感恩。向死而写，会舍不得取一次快递，舍不得每一个没有微信和电话，宁静如蓝色果冻的夜，这样写诗，对生命和生活的磨损相当大。

你得有一具耐磨的躯体。

你还得有一个无怨无悔的小烟。

你还得有一辆，等在楼下的樱花树下的摩托车。

26

是“知其不可为而为之者”。
是“虽千万人，吾往矣”。
这是我心目中真正的英雄，或者，真正的诗人。

27

封面和封底，是两扇铁门。
进去了，不能出来，书，就是监狱。
好奇心，是进门的钥匙。
怀疑精神，是出门的钥匙。

28

如果因为真诚，招来耻笑，如果因为写诗，招来伤害。
我的选择是真诚地写下去。

29

小烟，害怕的时候，读我的诗吧。
我的诗，像城外的公墓一样。
有这个时代稀缺的宁静、忏悔和宽恕。

目录

第二辑
至少还有一条路，
尾巴一样默默地跟着你

第一辑

樱花落尽，吾将远行

邀请函

明日最好，溪谷樱花盛极
虽仅一树，但姿态绝美

七日亦可，可赏花落
切莫再迟，樱花落尽，吾将远行

离别辞

白岩寺空着两亩水，你若去了，请种上藕

我会经常来
有时看你，有时看莲

我不带琴来，雨水那么多；我不带伞来，莲叶那么大

七行

以太行山脉开头，阴山山脉
贺兰山脉，祁连山脉，天山山脉，昆仑山脉
以冈底斯山脉的冈仁波齐圣山结尾
共七行

贺兰山脉最短，昆仑山脉最长
塔克拉玛干沙漠，是 33 万平方公里的留白

昆仑和天山之间，累极的行者，和衣而卧
因此多出一行

买盐记

走出门，想了想
返身回去
把煮冬瓜的火关了
超市隔着两条街
对于回来
我没有绝对的信心

悬崖歌

多少年了，悬崖始终没有退让

只有胆小的岩羊，认为悬崖是最安全的
只有对面的悬崖，理解悬崖

望着人潮人海的深渊，我是座一米六三的悬崖

你的脸颊
亦有陡峭之美

雕塑

雕塑家出了车祸
受害最深的
除了老年痴呆的母亲
还有那块大理石
作为一块石头，它已经不完整
但又没有完全变成一个勇士
于是，草坪上，总有一个人形的东西
在石头里挣扎

磨刀记

生锈，就是生气。刀是一种宠物
不会愿意在抽屉里，和一堆过期药片关在一起

打磨就是抚摸，石头就是肥皂
刀口，吐出了月牙状的舌头

挥刀砍水，水，应声而裂；还刀入鞘，天，便黑了

在昆仑山上的致辞

海拔五千五百六十六米，我站的地方，比主席台都要高
请安静下来，我想说四点
一、不必那么大，那么多，那么新，那么快
二、我们最需要的是忏悔和审美
三、我们把手机显示屏，当成了苍天
四、被我们遗弃的苍天，被昆仑山苦苦支撑着

纸歌

纸上有深雪，一千多平方公里
每一步，都须小心，纸上有悬崖，有十面埋伏
字，是留给追捕者的足迹

夜，越黑，纸，越白
凌晨两点，纸会发出月光

凌晨四点，纸会变成一面镜子，照出你的苍老和羞愧

小麦歌

想念小麦了，想念麦浪推动的云朵和天山
想念麦浪淹没的小路和裙裾

总是这样，在湘西，想念倔犟的小麦
在大西北，又想念谦卑的水稻
在西水岸，想念荒凉和高寒
在阿尔金山上，又会想念老家的渡口和渡船

想念，像水和食物一样，滋养着我的生命

蚯蚓歌

如果有一天，你不得不软下来
我愿你是一条蚯蚓
如果一定要把长江比成什么
它像一条蚯蚓，断成了那么多截，依然活着

清澈而平静的水里
蚯蚓总在挣扎扭曲
都以为它在跳舞，没有一条鱼愿意相信
它体内有带刺的问号

无常引

一个窗子对着张家界市，一个窗子对着无事山
十八步，从乞丐到国王
十八步，从满城灯火到几颗星斗

光有抚慰作用，夜，深到一定程度
会把所有的灯，都开启

卧室里，左边是电脑，右边是床
累了，往右边一倒
便从虚构到了荒谬，从梦到了梦

几天不下楼，白天和黑夜，像白无常和黑无常一样
轮流看守着我

老虎钳

作为铁钉，眼里的一切，都是铁锤，包括老虎钳
老虎钳果然变成了锤子，敲打着铁钉，老虎一样凶狠

既然成了铁锤，眼里的一切，都是钉子，包括手指
负痛的女人，比老虎还要凶狠——铁钉软了

老虎钳拧着弯曲的铁钉，从墙上拔了出来
女人拧着蜷缩的男人，从被窝里拔了出来

旧歌

第二次到的地方，都成了旧地
靠着陈旧的土墙，人，也很快就旧了
陈旧的人，想过的人，都成了旧人

陈旧的人，倒下去，就睡着了
睡得很死，像个陈旧的土堆
陈旧的土堆里，却埋藏着一具崭新的白骨

大雨歌

冒着瓢泼大雨，提着花洒，给木槿花浇水
他表情肃穆，一丝不苟

老天爷表情肃穆，一丝不苟
给卵石浇水，给旗杆浇水，给树桩浇水，给铁栅栏浇水
给水浇水

给浇水的人，浇水

阴影

给篱笆打桩时，趁机把影子钉在了地上
一生都想摆脱它

到无事溪边喝酒
不在乎，别人当成鬼

你喝多了，该回了
拍肩膀的，果然是影子

一手扶墙，一手扶我，像架着一个罪犯
这个影子不是我的，我的比这个黑，比这个壮

澧水谣

其一

撑着一条竹篷船，就可以离开坚硬的岸
鱼换到的钱，和鱼一样干净

星星好，看星星；云好，看云
面壁一样，面对天空

不怕雨，七年的花雕和三十年的回忆，足以对抗
全世界的敲打与摇晃

其二

不会阻止，小姑娘掉进水里，我保证安全

咚，咚，咚，李子落水，像弹琴
我捞的，比她摘的多

贪婪的姑娘，又去摘槐花，雪一样的槐花，落得满船满河

雪一样的槐花，引出了更贪婪的鱼

其三

有一天，打来的鳜鱼一条也不卖，多高的价钱也不卖
船摇到场上，买一束茉莉，多高的价钱都买

会把舱帘放下，把船撑到水中央
远远地离开人群

只是，一阵阵的波浪，会把你到来的消息，传遍两岸

火灾记

1. 过街的老鼠人人喊打

少年捉到老鼠后，淋了油
点灯芯一样，点燃了尾巴

2. 出了两辆消防车

一团火，尖叫着
钻进杂物堆，不见了
三分钟后，再出来
火，已经长成了狮子，喷着浓烟
继续疯长，不到十分钟
成了三十多米高的霸王龙

3. 废墟里，少年的发现

价值八十五万的家，是灰
老鼠窝，也是灰
存折是灰，初中毕业证、户口薄

法律条文、名人传记
记有初恋的日记，都是灰
祖母的骨灰罐里，是灰
老鼠的骨灰还是灰
颜色和手感都差不多

4. 春天按时到来

原址建起了一座新房
星期六下午
少年找来人字梯和泥
在屋檐下做了一个燕窝
他记得燕窝的位置、形状
以及开口的方向

荔溪谣

青蛙不发光，看上去，是满河的星星在吵

母亲说它们在背书，小时还信以为真
有洪亮的，也有结结巴巴的
记起了苏冬梅，老师经常骂她，像蚊子哼哼

扇醒自己后才发现，耳边的蚊子，其实是远处的火车

酉水祭

一生不肯上岸的老李，去年终于上了
七十九的他，埋在对岸的杜家坡

老伴继承了他的船
也继承了他的孤独

一个人的孤独，比两个人的还重
不到一年，船舱已经破了，船尾开始漏了

孤独看起来非常重，她摇橹的身子，压得很低
像在给酉水磕头

偏爱黄色的粉笔

无法修改夜空，但可以给这块小小的夜
补上星星。偏爱黄色的粉笔
听多了诗歌的缘故吧，黑板上出现了
闪电一样的裂痕，擦也擦不掉
听多了诗歌的缘故吧，坐在第一排的少女
多了两颗青春痘

采春笋的三个注意事项

要小心攀援的手——青的，可能是竹叶
也可能是竹叶青

竹是笋的母亲——采笋不砍竹，砍竹不采笋
有断竹，刺透过采笋人的鞋底
也有砍竹人的坟墓，被十几根春笋洞穿

生气的人要当晚安慰，剥出的笋要当晚煮熟
否则，会在一夜之间老去

旗袍引

“火一样，提供光芒、温暖和希望，但灵魂
不会像火一样，熄灭”
身体丢了，找警察，灵魂丢了，找巫师

“人要更换外套，灵魂要更换肉体
它需要更合身的外套
这件显然太黑、太短、太厚、太紧”
灵魂剧烈挣扎的，是个胖子

“河流需要船，镜子需要脸，万物需要灵魂”
是她的肉体，赋予了青花旗袍，以光芒、温暖和希望

天堂论

你心目中的天堂是什么样子?
——樱花树上，结满枇杷、蟠桃和芒果
鲑鱼比枫叶还多还红，捞上来就能吃
漩涡里，漂着生姜、葱花
石头上流着的，是啤酒和葡萄酒
再往上游走一点，是白酒
水牛在酣睡，臀部一拧就下来了，七成熟
每个人都不用上班，每个人都长生不老
爱的人，打个电话就可以查到
再打个电话就会过来……

那么，你心目中的地狱，是什么样子?
——如上所述

从永顺到张家界

从张家界回永顺八十六公里，从永顺
回张家界也是八十六公里
常在深夜骑摩托往返，背得每一道弯

在永顺的，叫阿福
长于微笑，无刺无害
张家界的，叫刘年，沉浸在自己的世界里
独自爱恨，独自痴狂，独自承受

从刘年到阿福，也是八十六公里
进城之前会停车加油
顺便取出笑容，戴上

有一次，忘记了
进了家门，还木着脸
半天没说话

白云歌

不害怕雷电，我害怕静静的天
不喜欢殿堂，我喜欢青草、白雪与荒原

季节梳理人间的秩序
死亡让生命如此壮丽

爱自由，爱自然，爱水风流动的衣裙
不爱的人，我赠她以黄金，爱的人，我赠她以白云

尖锐辞

作为一把刀子
我看谁都不爽，看什么
都觉得多余

只有她，像刀鞘一样
包容我的冰冷
“递刀的时候
要将把柄，对着别人”

作为一把刀子
什么都想深入
什么都想挑破

只有她，像伤口一样
包容我的锋利

作为一把刀子
我随时准备与这个世界了断
但我的把柄
在她的手上

慢歌

1

我骑摩托很慢，拖河沙的重车都可以超过我
但我比巴青河快

巴青河快于磕长头的人
磕长头的人，快过青藏高原

青藏高原每年只移动两公分，向着天空的方向

2

我骑摩托很慢，拖河沙的重车都可以超过我
但我比苦瓜快

我穿过黄土高原、河西走廊、吐鲁番盆地、
塔克拉玛干沙漠、青藏高原，回到家
走了一万两千公里
母亲种的苦瓜藤
只爬了两米，向着天空的方向

王永泉

三年来，王永泉每周进两次城，给周立萍做透析
摩托车越来越旧，周立萍越来越瘦

病友批评他，别让母亲坐摩托了
日晒雨淋，一大把年纪了，谁受得了

他说，没办法，要赶回去烤烟，又没班车
他压低了声音，又说，她是我的老婆，不是母亲

戈壁谣

电杆，学着胡杨的样子，屹立着不倒
一只红色的塑料袋，在电线上，经幡一样
噼啪作响

一只塑料袋，学着赤狐，在戈壁滩上狂奔
另一只塑料袋，学着金雕，高高地，高高地，高高地
试图飞越乔戈里峰

大雪赋

1

雪，落在雪上
并不多余
许多事物
需要覆盖
雪，落在雪上的雪上
依然不多余
许多事物
需要掩埋

2

落在路上的雪
是种呈现
类似于白纸
呈现黑字
——有个固执的人
朝这条固执的路走了

3

落在野梅上的雪
被赶路的人
取下来
当成白糖
慢慢地嚼
站在高处看
大地上像一个餐桌
大大小小的馒头
分不出哪是工棚
哪是坟头

4

落在横断山脉的雪
是赞美
落在青藏高原的雪
是赞美
落在雅鲁藏布大峡谷的雪
是更深的赞美
落在白发上的雪
是种沉默

5

落在松林的雪
被游客堆起来
让它有了小女孩的
眼睛、公主裙和微笑
又把她一个人
丢弃黑夜里
雪人的害怕
赶路人感觉得到

6

往雪上加雪
小女孩迅速长成了
高大强壮的妇女
钻进雪人的身体，蜷起来
雪的温暖
只有赶路人
感受得到

7

雪，越落越大
由呈现变成了掩盖

如同白纸上
从未有过黑字
这条路看起来从来
没有人走过

8

每一片雪花
都是美丽的
纯洁的
至于那场雪崩
是赶路人的错

9

雪，落了一场又一场
掩盖变成了掩埋
仿佛从来
没有过雪崩
仿佛从来
没有过这条
路

苦竹河小调

船篷里的咳嗽，会激起涟漪

有阵咳嗽，鸡叫一样，高亢而纠结
整个水面，都乱了

咳嗽换成了呼噜，水，恢复了平静

葱岭歌

去葱岭！去群山的故乡！去日月星辰的老家
我有棕熊的胆小，需要偏僻、荒原、风雪和冰川
我有一双苦行者的大脚，需要一条玄奘的路
我有一颗失败者的头颅
需要像慕士塔格雪峰一样，接受群星的照耀

骆驼谣

你们说的金银、丝绸和香料，是骆驼的负重
你们说的肿瘤，是骆驼的驼峰

牛羊埋头吃草，只有骆驼望着远方
笑它痴呆，因为你们闻不到沙尘暴的味道

你们说的昆仑，是支驼队，为人间驮着五千里的雪

如果死在路上

唯一会来找我的，肯定是你
眼泪对塔克拉玛干沙漠，毫无意义
看啊，重型卡车碾过的塔里木河床，是我
注视你的天狼星，是我
隐居在沙漠里的蜥蜴，是我
你转过身时，用风雪拥抱你的北方
也是我

夜宿反法西斯公园里的坦克

三十厘米厚的钢板，也不能阻挡人间的深寒
爬出来，用月光和星光取暖

我吹响了不锈钢的口琴
呼伦贝尔的风，吹响了一百二十五毫米口径的滑膛炮管

桐溪

和所有流经村庄的小溪一样
桐溪留了几块石板，供女人捣衣
留了几树榆荫，供男人钓鱼
看到一条鱼，挣脱鱼钩，我满心欢喜
看到另一条，被收进竹篓，也满心欢喜

和所有流经村庄的小溪一样
桐溪还留了一处深潭，给孩子过暑假
这个假期，小晚有些不开心
伙伴们都在疯玩，只有她捂着胸，不敢出水
她把天赐的美丽，当成了一种负担

时间赋

1

修钟表的人
活得很准确
有人根据
他的出摊和收摊
决定上下班
手机时代
经常一天等不到一笔生意
修钟表的人
依然时针一样
重复着自己

2

“四季，聚散
生死，星辰
都是按时间顺序排列的
每个人都能清晰地感受到
时间的危险

压力和重量
但都说不清楚时间到底是什么
于是，他们说
时间，是这世间最后的秘密
也是神存在的
唯一证据”

3

三十三年前，有个人来修表
五分钟之后
一只死去的上海机械表
活了过来
像只精钢的甲虫
嚓、嚓、嚓、嚓
开始蚕食时间
修钟表的人抬起头
顾客不见了
同时不见的
还有他六岁的儿子

4

找了无数个县
找了好几个省

找不到，就等
所谓的等
就是对世道的屈服
修钟表的人才三十出头
推车上有
几百块各式钟表
每一块都有自己的时间
他们开玩笑说
修钟表的人
时间是最多的

5

“流年似水
——千百年来
每个人每件事
都必须遵循这个俗套的比喻
你不可能两次
踏入同一条河流
你不可能再次回到
同一个上午
而且，时间和水的凉意
惊人的相似”

6

行人在变，楼房在变

广告牌在变
景观树在变
街道挖了又填十来次了
修钟表的人不敢变
怕儿子认不出来
他用三十三年前的推车摊
三十三年前的发型
三十三年前的中山装
等了三十三年

7

“已知一昼夜为三十须臾
一须臾为二十罗预
一罗预为二十弹指
一弹指为二十瞬
一瞬为二十念，请问
三十三年，有多少念”

8

最近，胸口老痛
修钟表的人
唯一不会修的
是生物钟
医院能修
但他不愿错过一天

等等看吧，修钟表的人
最擅长的，就是等
所谓的等
其实就是对时间的
信赖

9

等到五点五十
收摊了
修钟表的人
紧了紧发条
戴了三十三年
这块上海机械表
活力依旧
嚓、嚓、嚓、嚓
在嘈杂的街上
也能听见这只精钢的甲虫
贪婪地
咀嚼着时间

10

“现在和存在
都是可疑的
他们说

时间其实只有两部分
越来越多的过去
和越来越少的未来
时间最好的模型
不是钟表，而是人
成长和衰老
能准确表达时间
与死神的关系”

11

人流中
满载钟表和时间的
小推车越来越慢
慢于三轮车
慢于自行车
慢于婴儿车
慢于轮椅
最终，满车的钟表和时间
在学校门口
停了下来
修钟表的人
捂着胸口
坐在台阶上

12

有个小男孩跑过来
以为是卖凉粉的
一看是满车的
嚓嚓作响的钟表和时间
摇摇头
跑开了

我游过十三条大江

长江缓慢、辽阔而苍凉，秋天一样，无法抗拒
所以要在岸边，拴手臂粗的铁链
黄河最浑，羊水一样，在里面，什么也看不清
最清最冷的，是额尔齐斯河，阿尔泰山的雪意
至今还在骨头里，没有蜕尽

南糯山记

九下钟声，震落了两颗鼻涕果
睁开眼，走出岩屋，有蛛丝，封住了来时的路

因为想听洪钟
花了两万多块，修了个钟楼
用纯铜铸了口大钟

深林没信号，女人会敲钟告诉他，三下，饭熟了
七下，有处理不好的事

如果连敲九下，则须立即下山
她特别特别想他了

寂静

一声不应，两声不应，叫三声，也不应
与父亲、爷爷、三叔一样
二叔完全聋了，满城炮竹，他在看书

我也会聋的，多年以后路过我的院落
一定要拍一拍我的肩
拍重一点，轻了，我会以为是落下来的梨花

石头颂

在石崖下避雨，因为实在找不到屋檐

在石崖下睡着了，因为相信石头
不会为难一个相信石头的人

身负巨石，要不然背不会这么驼
胸怀巨石，要不然，口气不会这么硬

石头是慈悲的，要不然
人们不会找它做菩萨

要不然，那次破的，不会是两尺之外的落石
而是那颗换了发型的头颅

若巴溪

1

牦牛喝过的水，我又捧着喝
我喝过的水，央金措姆又背回去煮酥油茶
若巴溪不宽，措姆的弟弟，一跃而过
还是有点宽，我助跑了很远，还是没敢跳

2

为了经过更多的村庄、帐篷和格桑花
我离开了国道，改走乡道
为了经过更多的村庄、帐篷和格桑花
若巴溪的弯，又多又夸张

3

溪水左边有座白塔，右边有堆牛粪
今年牛粪捡得多，粪堆比白塔要高出一头

芭茅溪

放生时，鱼是快乐的，游进芭茅溪
像精子游进了子宫
放鱼的女人，是快乐的
鱼替切除了子宫的她，在人间生儿育女
钓鱼的人，是快乐的
他把放生的鱼，钓上来，再卖给女人
女人依然买下来，依然放生
嘴角还有伤口的草鱼，依然往钓鱼人的方向
摇头摆尾地游去

独居谣

还是大一些好

鱼大一些
可以几天不做菜
窗子大一些
装的山就多一些

雨大一些
会把整个世界变成
一件乐器

床大一些
可以放更多的书

祁连山赋

1

应该有一双挤羊奶的手
给我揉揉肩关节

2

牧人的小木屋里
都还喂养着
炊烟，这种濒临绝种的动物

3

山羊父亲是白的
山羊母亲是白的
它们带着一只漆黑的小羊
并没有觉得不妥
一家三口汇入羊群
在三十多只白羊里

小黑羊，似乎也没有觉得不妥

4

斜阳穿越千山
像女人的嘴唇一样，印在脸上
想唱歌，又闭上了嘴
路边有标语
“鸟群繁殖季节
禁止鸣笛”

5

低估了她的美
因为看红头巾的牧羊女
换错了档，不得不停下来
重新上坡起步
“所有的美，都是危险的”
细毛羊的叫声
带着微颤

6

如果给我一支牧鞭

我可以放弃笔
如果给我八千亩的牧场
我可以放弃世界
没有信号也不要紧
我在山里会很忙
每天看云，看孩子
数羊，喝酒，看女人挤羊奶
时间已经不够用

7

我望着祁连山
烈日照着冰雪

仪式歌

“明知道会失败，为什么
还要耗费一生”
很多人，问过很多次
“只是在完成一个仪式”
说这话的人，很少
穿具有仪式感的西服

葬礼隆重到一定程度
逆子会变成孝子
黑老大会变成英雄
装到一定程度，悲伤
会变成真的
会想到离开送葬队伍，冒雪
去看一个让你悲伤的人

雪在增大，将松枝压断了
雪还在增大，在凉亭坳
压断了山路

雪，将探望变成了一个
隆重的仪式

从铜铃山到北门冲

黑狗一招就过来，一摸，就倒了
全身都抖，仿佛体内在地震

得到两条教训：一、深山养狗，必须养两只
二、很长时间，没看母亲了

出铜铃山，飞张家界
连夜骑车到北门冲，门半掩，母亲
在看电视里卖运动鞋的广告

脱掉手套，掌心毛茸茸的感觉还在
伸出手，本来是抚摸她白发的，却接住了
她剥的橘子

小夜曲

夜，足够深的时候，陈旧的事物会发光

雪，也深了
邻家的女人走上台阶
跺了跺脚

高跟鞋，跟墙角的吉他
产生了共鸣

愿深夜赶路的人，都能看到一扇橘黄的窗子

张家界的摩的师傅

收了钱，摩的师傅不急于离去，在后视镜里
看黄头发的年轻人，抱情人一样，抱着白发的母亲

凌晨两点的澧兰路，若看到有摩的在转
一定要招手，他急需一个目的地
哪怕下着雨，哪怕洪家关， 哪怕只带三块钱

摩的师傅常在庸城码头等，等久了
总有黄槐花落进澧水，总有黄槐花，落在摩托的后座上

船事

顺着河流走
可以理解群山
顺着河流走
可以理解时间

晚上放卡，早上收
船头煮鱼，香两岸

我的船
挂着整条河流
唯一的帆
招风、捕风、驭风的技艺
在别处已经失传

里耶，洗车河，碗米坡
王村，凤滩
乌宿，浦市，柿溪，仙人湾
故地，就是故人
隔段时间

得去看看

嘎，嘎，嘎
船会像鸭子一样叫唤
橹比毛笔
更难掌控
我用一支橹
撼动了辛女山

顺着河流走
可以理解沈从文
顺着河流走
可以理解屈原

大多数的时间
用于弥补
前半生欠下的睡眠
河流如同姐姐的手臂
船舱，就是摇篮

我信任水
胜过岸

铁链歌

我拖着一条铁链在街上走，像拖着一条响尾蛇

我拖着一条铁链在街上走
买药付钱的时候，就放在门外，不用拴
我们彼此信任，我们相依为命

我拖着一条铁链在街上走
有根脱落的、系横幅的塑料绳，缠住它不放
懒得去解，我使劲拉，拔河一样地拉
相信它环环相扣的严谨，相信自己真理在握的力量

我拖着一条铁链在街上走，后面跟来了一条狗

看母亲种菜

愿意和美好的事物坐在一起
靠河的土埂上，有胡葱花、豌豆花、鸢尾花

她依然会跟菜说些老掉牙的话
而菜，回她以新的叶片和花朵

四十年了，她种的黄瓜依然麻口，她浇的粪依然是香的

仇恨辞

公牛冲向母狮，体内装着一吨多的仇恨

母狮双爪紧紧地抱着公牛的脖子
嘴对着公牛的嘴
深深的一吻，在草原的暮色里，持续了十多分钟

三小时后，仇恨被一头小狮子吮吸出来
洁白而清甜

张家界学院的夜

医生警告，有病人二十九岁，脑梗塞死了，因为熬夜
我相信夜，胜过医生

四更，保安在岗亭里，打起了鼾
胆小的事物，趁机发光，发不了光的，在发声
发不了声的樟树，发出了香

熬鹰一样，熬那只蚊子；熬烟瘾一样，将黑夜熬成黑字

椅子谣

空椅子，代表等待和念想
梵高画了两张，一张给自己
一张给高更

你可能不会知道
为什么，她会把短尾熊
放在那张摇椅上

你可能永远不会知道
摔门而去后
椅子在她面前摇了多久
才平静下来

穿越青藏高原和云贵高原的雨季

1

印度洋的季风
把南半球的黑云运过来
堆放在我要去的路上

2

在藏女揉捏下
青稞面越来越软
案板过去，是铁架床
床脚，野草是天然的地毯
靠着枕头的地方
长着一朵紫白的野菊花
床过去，是篷布
再过去，就是青藏高原的雨滴
饱满而强壮

3

得走了，雨不停也得走
比青稞面还软的牦牛绒毯
让铁不再坚硬
让我怀疑行走的意义

4

雨滴是种胚胎
见风长
长成了溪流，还在长
长成了雄狮，跟着我纵跃嘶吼
有段时间跟丢了
在如美镇再见到时
已经成了高峡沉吟的澜沧江

5

人们用江水搅拌混凝土
我把江水当成药
反复冲洗摩托排气管的烫伤

6

石头在雨季

纷纷钻出土壤
经常有石头
跳到沥青路上死去
经常有石头
追赶我的摩托车

7

巴青，垮了天一样
晚上十点
还在下瓢泼的雨
雷，在击鼓鸣冤
有闪电，试图点燃群山
有闪电，照亮了椭圆的伤疤
像金印，也像勋章
我和我的摩托车
是一柄慢一点的闪电

8

最让人受不了的雨
在糯扎渡的旅馆里
一滴一滴
从天花板的缝隙里
滴进红色的塑料脸盆里
均匀如同吊瓶

世界仿佛得了重病
在暗无天日的急救室里抢救
凌晨五点
世界苏醒的时候
我才睡着

9

放名贵瓷器一样
把老大娘和她的蛇皮袋
小心翼翼地放到家门口
她问多少钱
我说五十块
她掀开上衣掏钱的时候
我冲进了雨里
她不知道，在后背
她给了我三十公里的温暖

10

为了洗净我的羞辱
上天耗费了
五千三百四十公里的雨

山歌

滚石、滑坡、崩塌和掩埋，不是偶然的冲动
看山的时候，山也在看我们

有的山，逆来顺受；有的山，忍了很久
有的山，脸色开始铁青；有的山，脸色已经煞白

离梅里雪山的顶峰二百多米，十七名登山者，无一生还

骑摩托从怀化回张家界途中

进入水里，酷热全消，阳光彻底，彩石历历
鱼苗们轻触轻咬，肉麻而有趣

有个放牛的女人，在远处看
见我抬头，她低下头去

她的目光，又顺着曲折的借母溪，流到了我的身上

第二辑

至少还有一条路，
尾巴一样默默地跟着你

草歌

多年之后，几十万根被人践踏的草
化成了一头红眼的公牛，冲向狂欢的人群

洗脸记

不喜欢这张脸，贪官才有的松弛和庞大
根本不能反映内心的坚守

敷一捧热水，脸竟然笑了
除了皱纹，全是嘲讽

又敷一捧热水，洗去了冷笑
脸皮越来越薄，脸皮下的骷髅，则越来越清晰

怀念起长青春痘的日子来
那时所有的疼痛，都在脸上

沅水谣

还以为是废弃的塑料薄膜，堆在康家洲头
直到六十八只白鹭，飞起来
很慢，可以数第二遍进行确认

青山更青，绿水更绿，黄昏更黄，老船夫仰起了头
白鹭落到对岸，花岗岩开出了白莲

太平洋

一部分精明的水，变成了雪，留在了高处
一部分强硬的水，变成了冰

一部分不可靠的水，被水库关着
一部分善良的水，升入天堂，变成了云

大多数的水，又苦又咸，在海洋里挣扎奔波
种植不开花的海藻，放牧不听话的鱼群，搬运低吼的钢铁

高歌

去高处。看一看，天空是否完好
需要到六千米的高处，看一看，鹰的去向
需要五千里的雪，冰镇我的焦虑

落日滚下昆仑，四野一片漆黑
继续走，就这样走，一个人走，一直走
一直走，一直走，一直走

慕士塔格，乔戈里，夏岗姜
冈仁波齐，珠穆朗玛，罗波岗日，希夏邦马
每一座雪峰，都是人间的灯塔

我在水泥厂的日子

1. 与鲁胜在废铁堆场久坐

你看我们的水泥厂，像不像教堂
如果那些烟囱，用尖顶来取代的话？
你看这水泥，像不像骨灰？
你觉得水泥抹平后，路面下的蚯蚓，会不会死？

2. 又与鲁胜在废铁堆场久坐

颚式破碎机坏了，张着口，望着天

鲁胜坏了，张着口，望着天
他得了尘肺病，上班不戴口罩，戴了就出不动气，

天也坏了
落在身上的那层粉末，不是雪

知道天坏在哪里，可是我找不到足够大的扳手

3. 又值夜班

用铁锤，制造雷，用焊钳，制造闪电
半夜后，一块断掉的弹簧钢，变成了剑
一块废弃的铁，得到了尊严

后半夜，我又用水管做了个铁鞘
一块骄傲的铁，应该有一个女朋友

第二天，给鲁胜看，他还给我的，是一个西瓜

4. 再值夜班

鲁胜上去就不见了。我们推测
可能一脚踩进了螺旋输送机，被绞成了肉泥
经过锻烧和碾磨，最后成了水泥

那段时间，水泥全部供给了新城
办身份证，进入那幢九层高楼时，我迟疑了一下
仿佛即将进入一个河南电工的内部

青海辞

一生中最美的我，遇上了最美的青海

我有体力、激情、坚定的方向和崭新的摩托车
青海有燕麦、菜花和刚洗过的天空

青海的路和我的方向，完全一致
我随着青海大地起伏盘旋

晚上九点了，我还舍不得投宿，青海的夕阳还舍不得落下

大西南

二姐如同澜沧江，流经佛教地区后，开阔起来
她说卖保险，也是普渡众生

我是怒江，拼命地抓着自己的溜索
一头是碧罗雪山的悬崖
一头是高黎贡山的教堂

大姐是金沙江
石鼓第一湾，是她向满头白雪的青藏高原
最后的回望

秋收歌

不必担心不期而至的大雨，赌气去娘家的妻子
会跑回来，帮丈夫抢收谷子

不必担心稻穗的浪费，陈老太会带着孙女
把田野细细地梳检一遍，后面还有彭鸭客的鸭群
最后，还有电杆上的八哥和电线上的麻雀

收稻子的同时，这里的人们，会把稻草人也收了

念青唐古拉山

走近一些，念青唐古拉山会站起来
再走近一些，青稞会为你返青，菜花会为你返黄

念青唐古拉山是个人名
你喊，她会答应

喊得足够大，足够久，足够真，她会发生雪崩

夜行者

1

再小的小镇
都有个水汪汪的月亮
再荒谬的夜晚
都有夜行者

2

给卡车司机指弥渡
手臂一抬
竟然是月亮的方向
不要轻易指月亮
这是夜行者的教训之一
仅仅过了两个小时
在一平浪镇
绑在后座的价值四百块的
头盔丢了

3

关掉车灯
月光统治了大地
过了一平浪镇
就进入了童话世界
黑白
分明起来

4

月光不提供温暖
但能给夜行者
提供急需的影子
“没有影子的东西
是难以活下去的”
米沃什说
月光还给
夜行者提供了
菜花香

5

面对着

无量山的明月
就像二十多年前
第一次
面对女人的身体
你觉得自己
像一只蟾蜍
你觉得无量山上
杜鹃花
应该大开了

6

无量山上，思茅松下
目睹尘世
沉入了三万尺的水底
你觉得自己
应该穿一套白衣服出来
纯白的衣服
连头巾
都要是纯白的

7

游荡的绿灯

是野猫、流浪狗或者松鼠
远远地互相避让
夜行者对夜行者
保持着尊重
夜行者让夜
有了意义
而那个手持电筒
负重前行的夜行者
让沥青
都有了意义

8

夜行者的教训之二
眼睛模糊
龙头摇晃的时候
是死神坐上了后座
必须下车睡觉
夜行者的教训之三
不要在雨中睡觉
你会记起那个人借的伞
二十多年了
都没有还
夜行者的教训之四

不要在月光如霜的
村部篮球场上睡觉
你会觉得，二十四年了
依然没有逃出
那个人的目光

9

“云南皓月冷千山
冥冥归去无人管”
望着独自西去的夜行者
你突然决定
改变方向，追随而去
月亮的引力
潮汐和夜行者
都能感受到

10

“月亮出来亮汪汪
想起我的阿哥在深山
哥像月亮天上走
山下小河淌水清悠悠
月亮出来照半坡

望见月亮想起我阿哥
一阵清风吹上坡
你可听见阿妹叫阿哥”
在弥渡，你唱起了歌
直接把城乡结合部唱成了深山
把 224 省道
唱得波光粼粼

11

夜行者的教训之五
不要在没有月光的
废矿山停车
有人叫你
不要回答
有人反复地叫你
不要回头
回头，你就会看到
没有影子的人

12

夜行者的教训之六
不要搭载没有影子的人

没有影子的人
往往没有身份证
没有故乡
甚至连脸面都没有
像你的影子一样
胆小，遇到狗
会躲到你的身后
没有影子的人
会幽幽地请求你
有没有多余的影子
借一个

13

蟾蜍也是夜行者
大多数这种
横过公路的夜行者
因为过于从容
过于相信人类
而变成一味
薄薄的中药，嵌在大地上
（《本草纲目》载
蟾衣乃吸纳天地阴阳之华宝

可治世间
一切恶疾）

14

夜行者的教训之七
不宜在月光下
赶太长太久的路
前几天，理发师还说
你的头发
白得比往年
要快得多

15

在弥渡
凌晨三点了
苏老板还守着夜宵摊
他说，如果不开张
还会守下去
守夜人低头翻着
炭火上圆白的饵块
对头顶那轮

你彻夜追逐的月亮
看也不看

16

不确定
你是走私的
还是贩毒的
守夜人笑着说
肯定不是好人
不管好人还是坏人
只要是人就行
鬼的钱
不值钱

17

越来越怕人
越来越怕白天
越来越怕照镜子
越来越感到身体的冷
越来越感到生命的轻
越来越感到

世界的空

18

夜行者的

教训之八

夜路走多了

就成了鬼

铁歌

铁的悲哀，莫过于挂在墙上，独自生锈
锈，是一种病

铁害怕柔软的事物，刀送进猪心的时候
王屠夫感到了铁的抽搐

铁，喜欢发出声音
唐铁匠一手拿小锤，一手用火钳翻动红铁
妻子洋芋一样壮，抡大锤
叮当叮当，整个胡家村都听得见

铁的本质
是种乐器

眼镜蛇

眼镜王蛇，生吞着眼镜蛇
剧毒，是眼镜王蛇的仁慈
麻木，减轻了痛苦
两米多长的眼镜蛇
有了橡皮管的顺从和驯良
仿佛在穿一件有点紧身的皮袍
仿佛在进入一个温润的
三米多长的黑夜

火赋

1

走远了
走久了
会冷，会累，会怕
会怀疑
会很想念一个人

你知道
此时此刻
你需要的
只是一堆火

2

最初，火
只有蝌蚪那么大
瑟瑟发抖

喂孩子一样
喂她稻草、枯叶

她最爱吃
棉花糖一样的
芭茅绒

3

火，长大了
会往怀里钻

她的舌头
舔得你额头发烧
她有牙齿
嚼麻花一样
嚼你递去的枝条

朽掉的松木
要检查一下
有没有过冬的虫子

4

洋芋软了
粑粑软了
你抱着双膝
也软成一团

刚刚睡着
被火
在指尖，轻轻一口
咬醒

5

柴，烧完了
周围的垃圾
都捡来烧了

火，黯淡，消瘦
奄奄一息

取出诗集
救火

撕裂声

是纸在叫

6

趴下来

人工呼吸一样

反复吹气

白纸，焦黄

冒烟

火，活过来了

一队队汉字

则在火里扭曲、挣扎

最终死去

7

写的时候

你根本没有想到

诗歌

可以给人

这么多的

温暖和光

8

烧《虚构》
《废墟》
《石头赋》
《写给儿子刘云帆》几页
火里传来
轻微的爆裂声

9

有灰片
从火里出来
蝴蝶一样
飞向空中

婆婆说
这是死去的人
取走了纸钱

佛家说

这是涅槃

10

“世间所有的结局
都在火里”

得走了
虽然，你也知道
路的尽头
是冷灰和青烟

行走，其实
是一个
缓慢燃烧的过程

11

到处都是芭茅
到处都是风
到处都想燃

走之前，你得杀死

你呵护过的
也呵护过你的
火

12

本来准备用尿液
想了想
你去松树下
团了一抱雪

麦朵岗草原

绵羊是白棋，牦牛是黑棋，白棋刚刚占上风
牧人把棋收走了

天老爷又在西北角，布了一粒金星
帐篷里的灯，跟着亮了

雨脚云收走了漫天的星星，牧人家的那盏灯赢了

繁花谣

白云不动，它也不动。一头吃过繁花的黑牦牛
懂得了审美

离开扎西尼玛的帐篷
在去远方之前，又绕到了云丹达瓦的帐篷前
一条铺满繁花的路，懂得了珍惜

野蜂懂得了感恩，把繁花当成大地上的经文，从早念到晚
从生念到死

繁花歌

骑了整天摩托，没见到一只鸟，一只虫，一根草
风，是唯一的活物

八位女地质队员，在此迷失
半年后，尸体还很完整
没有东西吃她们，她们自己又不吃

陈国莲，陶丽芹，杨新梅，张淑兰，唐子烟
肖春桃，刘黛云，刘黛玉

她们都没留下姓名，这些是我安的
女人的名字带有花香，能让荒原看起来不再那么荒凉

摩托车赋

1

至少
还有一条路
尾巴一样
默默地跟着你

2

买辆摩托车
可以追上青藏的季风
追上怒江
如果路足够好
可以追上
轻狂的少年

3

好的路

健康而有野性
有石头
水坑和蜥蜴
有暴雨和彩虹
会往人烟稀少的地方钻
不停地加减档
不停地变向
好的路，能让驾驶变成创作
好的路，有细节
有悬念
还有惊喜

4

好路上
你能找到多年前
在草籽花的田埂上
开铁环的快乐

5

好的路
会保佑行人
好的摩托车

会保佑骑手
好的骑手
会把摩托车
停在樱花树下

6

一万公里后
摩托车产生了意识
两万公里后
产生了情感
巴青的雨夜
洪水涨到了油箱
它驮着你冲过激流的样子
像极了冲过
鳄鱼河
也要迁徙的角马

7

你的旅行
其实就是迁徙
是大地在召唤
所以你告诉她

可以祝福
可以祈祷
但不要阻拦

8

路，穿过椰树林
把你从阴森的乱坟堆里
接了出去

9

三万公里
就得换车了
修车的樊世忠说
摩托车被你买走
是不幸的
他从后胎
拔出一颗两寸的钉子

10

三万公里后
摩托车产生了意志

风雨中
铝合金的意志
驮着虚弱的你
一路向南
你所需要做的
只是控制方向、速度
和思念而已

11

摩托车也分雌雄
女式的是雌性
纤弱一些
然而，一个女子骑着女式摩托
轻易地超过了你
没牌照，没头盔
长发散乱
在莺歌岭
像山鬼骑着她的雌豹
怎么也追不上

12

一个动人的目的

能让一条不好的路变好

13

五十多公里后
当车灯变成注视
当你以为
会发生故事的时候
她转入人民北路不见了
你停在董棕下
发现人海
比太平洋还要辽阔
还要荒凉

14

路，渐渐老化
渐渐僵硬
开始顺从围杆
摩托车慢了下来
尽量避开
裂缝和坑洼
那是路的伤口

15

把你送到木兰湾
路，一头扎进了太平洋

16

虚无感
像暮色一样
吞没了沙滩上那对
并肩而坐的恋人
也吞没了
你和摩托车

17

羡慕起玄奘来
拥有那样一条动人的路
能让自己
走十七年
死八十一回

荒原歌

蚂蚁在一分钟后，长成了红岩大货车，呼啸而来
又会在一分钟后，缩成蚂蚁，钻进黄沙
一根白发，不到两小时，就长成了昆仑山脉
两小时后，昆仑山脉又缩成一根白发，被风吹走了

在茫崖沙漠，我变成了赤身的皇帝
二十公里的斜阳，是丝质的晚礼服
沙尘暴过后，又从皇帝溃败成了一个小男孩
找不到玩具，找不到钥匙，找不到姐姐，找不到父亲

还好，落日能承受泪眼，荒原能承受落日

河西走廊的长城

城墙变成了土垄，烽火台还在，五里一个
苦苦抵抗着荒芜

黄岩山上，烽火台
像个乳头，被咬掉了一半

过去的那个烽火台，缺得更多，像个小小的人
呆呆地坐在那里，放牧着满川的石头

走近了才看清
那真的是个人

东归歌

天山一路在为我阻挡塔克拉玛干的沙尘暴

过独山子，阜康，木垒，巴里坤，哈密
送了两千多里，到星星峡，止住了
这时的天山，又矮又黄，让我想到了驼背的父亲

来接我的祁连山，满头白雪，又让我想到母亲

问

要走多远，才会厌倦？走到哪里，才会害怕？

新藏公路和独库公路，谁更壮丽？
人世和塔克拉玛干沙漠，谁更让人绝望？
诗歌和经文，谁更无用？
玄奘和仓央嘉措，更喜欢谁？

还有多少路，需要行者？
还有多少荒凉，需要祭奠？

让我回返的，是沙尘暴、泥石流、暴风雪
还是一场思念？

二泉映月

邓彦来回地拉，像阿炳拉他的《二泉映月》
有时拉一下，停很久，像潭底的月亮

最后的高潮，狂拉了十多下才停
汗珠比泪珠，更难以控制

琴，掉在水泥地上，那是他坏死的右腿；弓，也掉了
是一把三百齿的钢锯

为什么，大地越来越低

骑摩托，经青藏高原和云贵高原
到长江中下游平原

见过喜马拉雅人赶集，往返要六天
遇到泥石流更久；遇到大降温，可能把自己
和牦牛，兑换成白花花的雪

曾趴下去，拜过冈仁波齐神山
也曾在常德趴下去，让五岁的外甥，骑在背上

我知道为什么
大地越来越低

恐惧辞

不敢在黑龙湾游泳，那里的水绿得有点邪
总怀疑里面，盘着一条巨蛇

自从听了父亲吃人天坑的故事
那条七十多米长的蛇，始终在阴森处潜伏着

而且，还在生长

伊斯坦布尔的往事

一种类似消化液的强酸，将沙特记者溶成了液体
他的骨头、肝胆、知道的秘密和承受的痛苦
同人们的粪便一起，从伊斯坦布尔的下水道，排入黑海

秘密会沉入海底；骨头和肝胆，会被鱼吃掉
痛苦，鱼不吃，会随着海水，慢慢地向全世界扩散

捞河蚌记

人啊，坚硬的时候像河蚌，柔软的时候也像

猛洞河，两三米深，潜一次
捞了四个河蚌，她在岸上夸我厉害
换口气又潜下去，这次一手三个，一共六个
捞了大半蛇皮袋，她说够了就够了

天地打开的清晨像河蚌，天地合上的傍晚，更像

路远，总担心车坏
那是辆三手的女式摩托，八百块买的
没有后视镜，每次变换车道，都要她通报后面的情况
半路真坏了，打不着，叫她推，冲下坡
还好，一冲就叫了

桑植小调

我说我需要一场辩论，他们倒了第三碗
我要第四碗酒的时候，他们给了我一个讳莫如深的夜

睡到半夜过，门口在过兵，只听脚板儿响，不见人作声
过也过不完，过也过不完，过也过不完

我知道，那是澧水

群山

他们说，这里回声效果很好
试着喊了一声，竟然有五座山在答应

双手做喇叭状，我提高了音量
“我爱——你——”

群山也提高了音量
“我爱——你——” “我爱——你——”
“我爱——你——” “我爱——你——”
“我爱——你——”

澧水、酉水和猛洞河

女人的体内锁着河流，因此有说不完的话
河流，是躺着的女人

澧水丰满，酉水瘦弱
每天晚上，澧水会给渔夫五六斤鱼
酉水小气，只许带走三斤以下
澧水是宝钗 ，酉水是黛玉

不二门里的猛洞河，是出了家的妙玉
挖掘机弄浑的，是出了事的妙玉

把湘西当成大观园，拼命地奔波和珍惜
把一行行游云，当成写在天上的判词，把天和地
当成即将合上的书页

火坑谣

腊肉割下来，烧着吃了，然后用炭灰抹在伤口上
秘密只有我和二姐知道

茶树蔸，肯燃
梧桐和柳树，尽是烟

火笑了，预示有客人在路上
不能跨火坑，这是母亲骂过多回的禁忌

父亲的膝上，放着收音机
母亲的膝上，放着我

都睡了，只有大姐不肯浪费那坑火
记得她从来不烧腊肉吃，可我记不得她穿什么衣服了

那时候，以为生活会一直这样下去

黄土高原

过狼家岭，不停，过梨树脑，不停
过数口破败窑洞，不入

行十余里，遇一疯癫农妇
哭诉医疗事故，不理
又行十余里，遇担者，卖豆腐，不问
穿酸枣丛，尖刺密布，如穿敌阵
血从手背流出，不顾
摘数枚枣，酸涩少肉，不弃

又行五里，抵一无名山头
路，戛然而断。有枯蒿遍野，有野鸡惊慌
有无人涉足的雪，深厚，沉静

有唢呐，如羊肠小道，袅袅递来
除帽，整理衣领，肃立
目送红日，徐徐埋入黄土

长啸数声，四野不应
循原路返，行五里，如芒刺在背，回首
有明月小如泪滴，悬于太行山上

镇雄大锅圈天坑底麻疯村纪事

绝壁也有好处，童话中的王子和公主一样，朝夕相处
有一次，打得下跪求饶，女人也没有跑

连夜暴雨，让很多坑，水满为患
只有天坑，依然是坑，像只空空的眼眶，望着天

连夜暴雨，掉下块石头，砸坏了几蔸丝瓜秧。也有好处
大锅圈的天空，因此大了一些

观沧海

一头是十三个渔夫，一头是惊恐的太平洋
船掀起，又甩下，人跌倒，又爬起
麻绳，越拉越短
最后，输的是太平洋，她放弃了自己的鱼

整个下午都在东澳湾，听太平洋
这个更年期女人，以同样的节奏，倾吐着
那些没用的事物，泡沫、塑料瓶、旧轮胎、破船板
以及一颗金星

大兴安岭的抒情诗

拯救，有时就是加害
他亲眼见过黑熊将小白羊撕碎
只留了没来得及长角的羊头
给迟迟不愿离开的母羊
是不是在干涉上天的旨意
——作为黑熊保护专家的他，常常忏悔
有一次，包扎伤口的时候
为了不伤及黑熊的大脑
他擅自减轻了麻药的分量
黑熊提前醒来，撕下了他的腿
——“放过它”
这是他最后的一句话
黑土地上，每年都会落很厚的雪
黑与白，并没有敌意
白雪会把黑熊藏起来，躲避冬猎者
有时藏进去一头，放出来还是一头
有时藏进去一头，放出来的是两头
咬死黑熊保护专家的那头
被春雪放出来的时候，就是两头

母熊呼叫掉队的小熊
如同一个大词在召唤一个小词
小熊一颠一颠地跑过去
雪地上出现了一行诗
中途摔了一跤，滚了两圈
那行诗，出现了停顿和转折

大西鼓歌

他们刀法精确，手法纯熟
皮肤，就像紧身上衣一样，脱了下来

我变得像诗人一样敏感
能感受到风的锯齿，锯齿上的锈和盐
桃瓣，落在我身上，就是烧红的刀片

我没有叫你，因为我没有脸了
你认不出我，因为我真的没有脸了
他们将我的皮肤，钉在木桶上
我一点也感觉不到痛

你敲鼓的姿势，像在跳舞
鼓点，让张献忠的士兵们，奋勇前进

你敲的鼓，越来越响
你敲鼓的姿势，像在打一个负心的人

有震落的雨，落在鼓上，如泪
有震落的泪，落在地上，如雨

你是不是看到了，鼓上的四条爪痕
你是不是记起了，前晚，你过于用力

羊峰的稻子熟了没有

稻田里有很多眼，不确定，哪是黄鳝，哪是水蛇
只确定，每根发光的田埂，都通往一个家

出于对稻子的热爱，经常吃三碗饭
出于对稻子的尊重，会把饭粒捡起来，喂进嘴里

李四的凉粉车，好几天没来，希望是羊峰的稻子熟了

篾匠歌

黄金的权杖和竹制的鱼竿
我会选择鱼竿，虽然不爱钓鱼

我会把鱼竿剖开
做扇骨，制造晚风
做风筝骨，支撑越来越低的天空
做孔明灯
最近夜里的星星
越来越少了

做竹背笼，去后山
把笋子放进竹背笼，把孩子放进母亲的怀里
你背背笼的样子，让我想到母亲

做竹篮
打捞水里的泪

武陵山记

1

去木屋吧
你命中犯孤
五行缺木

2

木板自带花纹
自带松香

木门
自己还会叫

重的，是风
轻的，是猫

你等的那声
婉转，欢愉

微微上扬

3

木屋通人性
庇护你的同时
也要你的庇护

要有火坑
火升起来
木屋便有了心跳

烧水
烧带钢笔字的旧纸

4

想人不来
响水不开

5

抽出门闩
门，长长地应了一声

“啊——”

婉转，欢愉
微微上扬

6

——“落雪了”
看到蛇一样
抽柴的你
惊叫了一声

7

天坪，要半亩
才能接足够多的雪
堆一个足够壮的人
守在椿树下

8

椿树材质好
长得高
春停燕子，夏停蝉

9

种两棵

一棵，做棺材

一棵，做摇篮

元宵辞

满城人看满城灯
只有他走出城外，看那轮明月
而她，转向了一面
镜子

观壶口瀑布后作

怒吼的次声波让人受不了，壶口瀑布的保安刚三十出头
头发就白了一小半

309 国道上，几百辆运煤卡车，灯光奔流
形成了另一条黄河。有辆打滑的卡车，在青铜沟
形成了另一个壶口瀑布

张二棍不说话的时候，像辆卡车停在面前，身上依然承受着
六十多吨的山西无烟煤

枫香湾

和穿了鼻孔的水牛一样，船也很老实
稍一用力，就牵了过来

修了电站后，他卖了牛，买了船
掌犁一样掌橹，将西水犁出了一道深深的沟

和水牛一样，船，也认识回家的路
和水牛一样，他把船，也拴在了青草肥美的枫香湾

为什么一个人旅行

一个人，一天只需要十句话
说的少了，想的就多。想的多了，要的就少了

我是被监禁了三十五年的越狱者
每个人都是我的狱警

我是逃亡了九年的越狱者，一个人足以面对帕米尔的狼群
青藏的鹰群和太平洋的星群

出塞

经四川盆地，柴达木盆地，塔里木盆地
上天山公路，在铁力买提达坂，吃了一团雪
经准噶尔盆地，出玄奘的星星峡
由河西走廊，过黄河，过长江，回永顺

一个人，一辆摩托，行程 9709 公里
历时 32 天， 遇雨 18 天，沙尘暴 3 次，冰雹 1 次
瘦了 9 斤，摔车 4 次，流泪 3 次

带回了塔克拉玛干的沙尘少许，在肺里
带回了昆仑的阳光，在脸上
仔细的话，你能从我的眼里，看到星星峡的月光
能从我的安静和孤独里，看到天山的雪

惊岁晚

柿子和猕猴桃在纸盒里对峙
捏一捏，柿子先软了

瓷罐装着满罐碎裂声，总有一天会释放出来
沙发完全宽容中年男人的虚弱

半夜莫照镜
婆婆叮嘱过多次

我是找指甲剪时，不小心瞟到镜子的
镜里，赫然是父亲

奶牛歌

将牛犊剥皮，制成标本，涂上牛妈妈的尿液
牛妈妈以为儿子还活着，会继续产奶

雪再厚，挤牛奶都是项温暖的工作
掉转乳头，清甜的乳汁，会直接射进嘴里

宿澜沧江

梦里失去了孩子，惊出一身冷汗
把澜沧江，听成了北京东三环的车流
打开窗户，满天星斗

仿佛星星，走下了星空
打手电筒的人，急冲冲地走下山顶

希望他找的不是医生，而是情人
希望我和我的儿子，都有一个美好的前程

在漾濞

向石头学习打坐
向岩壁上的蝙蝠学习，如何习惯颠倒
向流水学习，让自己平静下来
又向彝族大哥，学习了善待土地和耕牛

想在屋前屋后，山上山下种麦子
种一垄小麦，种一垄燕麦，小麦磨面，燕麦酿酒
小麦黄时，燕麦还是青的
斑斓的后山，像我豢养的一只猛虎

牛车谣

牛是很好的出气筒，姚明春边骂边用竹条抽
母亲赶场，竟然不带他

几百斤的水牛奔跑起来，笨拙而滑稽
看起来很老，其实和姚明春一样，刚满九岁

在一片紫白的苜蓿草边，车突然停住了
老水牛听姚明春的，姚明春听副驾座上的妹妹的

在二姐家的阶沿上独坐

狗往前挣，铁链也往前挣，狗叫，铁链也叫
狗安静了，铁链也伏了下来

兔子们学着那些亲人
钻进了土里，不再出来

和我一样蜷缩于人间的，还有瓦后的云
和地里的卷心菜

蜘蛛谣

打扫卫生，没有动蜘蛛网
喜欢这一成不变、一丝不苟的传统工艺

网安在防盗网上，吃什么呢
几乎没有虫子，只有晨曦每天光顾一次

起来，看到了蜘蛛的走动，迅速而轻盈，像在拨弦
有露珠，音符一样掉落

在顺德宝林寺放生池观鱼

放生的鱼，在池子里不停地转，转山转湖一样地转
一片榕树叶，被榕树放生，跟着鱼静静地转

铁管里的水，被年迈的花匠放生
也跟着鱼，静静地转

如同前世放生的金鱼，你穿着裙子，围着我转的时候
地球也在围着太阳，静静地转

花事

终于拥有了自己的土地，而且是东三环内的
虽然只有一纸杯

把油菜籽埋进去，像埋一颗地雷
每天浇水，毕恭毕敬，像给上司倒茶

在云南，见过油菜花的怒放
原子弹爆炸一样，十多万亩的金光，直接摧毁了罗平县

花语

李元胜给花拍照、分科、命名、立传，但从不摘花
“要对她们保持足够的尊重”

“樱花和烟花的美，源于她们的凋落”
张战喜欢插花，“尊重花，就要让她们美丽地死”

我站在张战这边，我是烟花，体内装满铁粉、火药与光芒

腊姑梯田

田埂是围墙，肖二哥每年都用钉耙修补
稻花鱼一跳出去，就是别人家的了

田埂是监狱一样的围墙
肖二哥走了千万里，走了大半生
都没走出四亩七分田

田埂也是土地，肖二哥用斧头
砍出一道道口子，种子和草木灰丢进去
伤口会发芽，开花，结出豇豆
这个世界，只有土地，没有欺骗过他

田埂也是交通要道，月亮就是沿着田埂
一层一层，下到河里。在水里停留一段时间
下半夜，又一层层往上，翻过了山冈

肖二哥的越南女人，也是沿着田埂
翻过山冈，跟着月亮，往绿春县城方向走了

楚歌

楚虽三户，亡秦必楚，打湖南，要小心
对此警告，日本人不屑一顾，取燕山，过长城
如摧枯拉朽，况乎无险可守的鱼米之乡

常德会战，中方伤亡 6 万，日方 4 千
在衡阳，中方伤亡 1.7 万，日方 3.9 万
在长沙，中方伤亡 13 万，日方 10.7 万
在湘西，中方伤亡 2.66 万，日方 2.7 万
最终，日方于芷江，签城下之盟

清明，骑摩托环行常德、长沙、衡阳
在湘西，见一农妇，冒雨插秧，湿透了还在插
像一个老兵，没有接到撤退的命令
她直起腰，望了望黑云重重的天空，又继续插

盘歌

什么弯弯弯上天，什么弯弯弯水田
什么弯弯远处去，什么弯弯在眼前
月亮弯弯弯上天，犁头弯弯弯水田
小路弯弯远处去，眉毛弯弯在眼前

什么弯弯弯上天，什么弯弯弯水田
什么弯弯远处去，什么弯弯在眼前
烟子弯弯弯上天，牛角弯弯弯水田
扁担弯弯远处去，泪水弯弯在眼前

母亲边拍边唱，小外甥闭上了眼睛
四十年前，她就是这样抱着我唱的
人已白发苍苍，歌词一点都没有变

万物像月猪儿一样，在深夜里睡去
母亲轻轻地把他放上床，盖好被子
突然，小家伙大声地替我哭了出来

星星峡

（旁白：第三天，遇到一棵小草，你热泪盈眶
沙上日头出，沙上日头落，沙上的你，没有带骆驼
第七天，看到那具人骨，你无动于衷
沙上日头出，沙上日头落，沙上的你，没有带骆驼）

在星星峡，穿过大漠，九死一生的玄奘
遇到了第一个人，而且是活的
这位得道的高僧，忍不住抱着对方，痛哭流涕
也是在星星峡，风，抱着我不放

沙子在咕咕地喝水
喝饱水的沙子，黄豆一样膨胀
焉支山上，那弯彩虹的出现与消失，意义重大
我认为，它是人生的真相

（旁白：第三天，遇到一棵小草，你热泪盈眶
沙上日头出，沙上日头落，沙上的你，没有带骆驼
第七天，看到那具人骨，你无动于衷
沙上日头出，沙上日头落，沙上的你，没有带骆驼）

画质清晰二首

一、监控倒放

轻轻地，从地面跃到十九楼的楼顶
男子张开双臂，稳稳地接住她
拥抱，亲吻
阳光妖艳，画质清晰
这时候，她的鹅蛋脸上，看不出一丝裂缝

二、手术室里的监控器

监控器画质清晰，医生将我切开
也不痛，没心没肺，没肝没胆
全是铜线和铝线，连接着晶体管、锂电池和芯片
喊不出，动不了，手机是我的摇控器
正在护士小姐手上安装防火墙

鸭客谣

鸭棚离寨子远，没人在意它的出现与消失
我在意，是因为砸死过一只鸭子

鸭客鸭客好造孽，蓑衣斗篷都没得
白天跟到田坎走，晚上就到草坪歇
鸭客鸭客好造孽，婆娘儿女都没得
等到鸭子发瘟了，只剩篙子十八节

念《鸭客谣》笑他，比紧箍咒还灵
鸭客有羊痫风，追不上我
又没上过学，少了只鸭，也数不出来

搭鸭棚的地方，现在停着辆摩托车
埋鸭子的水田，到处是青蛙，在模仿鸭子的叫唤

鹰歌

鹰出现了，鱼群对天空，肃然起敬
鹰开始俯冲，湖水慌乱

狗鱼驮着鹰，乘风破浪
狗鱼，是水里的狼

狗鱼潜入了深水，鹰爪
紧扣鱼背，死死不放
水平静的时候，和天一样的蓝

望乡崖托着鹰巢，像个皱纹满面的老人
对着天空，举着空空的碗

去合浦

夜行人从徐闻县，纵穿雷州半岛，回湖南老家
月亮横穿雷州半岛，去广西

河唇镇外，甘蔗林里，关掉车灯，取下头盔
水泥路面，月光，深达半尺
戴上头盔，有月光，顺两耳，流进衣领

继续走，三公里后，夜行人突然左转，跟着月亮
去了广西的合浦县

蜡烛

叫朋友的车，送去殡葬用品店
他小心地问：谁不在了。我说：只是买点蜡烛

最近用蜡烛多过电灯
烛光，刚好布满桌子，不浪费
暗处，胆小的事物，也不必现身

有时什么也不做，只是盯着蜡烛看
一点点缩短的蜡烛，像极了越来越少的生命

蜡烛会紧张
没有风，也晃

枪歌

枪，是一支权杖。他的语气里
有了久违的尊重

铁与铁碰撞，斩钉截铁
瞄准，即注视。你和落日，三点一线

搭上扳机，手指便有了魔力
让石头发火，让木头发声
让空谷有了回响
给我一支枪，我一个人可以
应付祁连山 30 年的雪

没想到，你会转过眼来
注视，即瞄准

赖床记

想到这世界的人和事
就不想起床

石头本来是躺在山里的
雕成了英雄后，每天得衣冠楚楚地
站在小区中央

想起梦里的人和事
上了一下厕所，又睡了

熄灯号

号手似乎在怀念什么人，反复了三遍
最后一遍，没忍住
铜号，吹出了唢呐的嘶哑

皇宫一样荒芜的昆仑山上
有着皇帝一样的孤独
风，又开始吹，峡谷是另一只铜号

整个小镇，只有悬崖上的那盏月亮和牧羊人的烟嘴
没有熄

想去泸溪了

泸溪桥头有个铁匠铺，纸壳招牌，石棉瓦顶
订了把刀，钱给了半年了

如果铁匠铺还在，就再订一把
有必要给生活添点挂念
就像有必要给她的脖子，添点挂件一样
刀，是铁的绽放
握住刀柄，就握住了一枝不谢的花

如果铁匠铺不在了，在桥头看看水，就回来

诗集《为何生命苍凉如水》的版税

收到版税，先买了份人寿险
还有剩余，又加了一份意外伤害险
还有剩余，买了十盒咖啡
还有剩余，买了十盒安神补脑液

神话

拗不过纠缠，神答应他不死
所有疾病、刀枪、事故，都不能加害
他三拜九叩，欣喜若狂

每个想去的地方，都走了五百次，已懒于出门
参加完第一千任妻子的葬礼，发誓不再结婚
参加完第十万个好友的葬礼，发誓不再结交
用各种方式自杀了一千多次后，发誓不再自杀
后来，不再说话，再后来，活成了一块石头

如今神都死了
他还在人群中活着

子夜歌

喜欢猫头鹰，多过喜鹊；喜欢灯，多过太阳
软体动物一样，夜，是我的壳

有雨点，敲打长夜最薄弱的部位
有闪电照见了白纸的耻处

不太相信未来，甚至不太相信，太阳明天能照常升起

拉拉渡

渡口，轻轻一拉，岸，就过来了
下午三点，回去，拾起绳子，再轻轻一拉
枫香树和摩托车，都还在原地

晚上到岩头寨，在张福菊家借宿
开关线系在床头。一拉
就进入了寂静的棺材，再拉，又回到了小木屋

等

讨厌数学，讨厌微积分和几何，讨厌数字时代
囚犯一样，每个人都成了一串数字

向往农耕生活，三位数的加减法
就足以应付猪狗、鸡鸭和土豆了

计算时间的时候，他突然发现
铁轨像个等号，长长的等号，等待的符号
等人的人在这头，要等的人在那头

只有等待是常量
等多久，等不等得到，等的人，是不是老样子
都是未知数

光芒

仓库明亮了许多，刚摘下来的桔子
光芒还在

枯叶中，枞菌很难分辨
多找几次就知道，枞菌会发一种暗哑的光
她每次上山，背笼从不落空

喜爱的事物，都有光芒
手电筒熄了，你才发现
回家的田埂，散发着淡淡的月光

人山人海的火车站，你一眼就看到了她

回家

母亲又托邻居
打电话来
问什么时候回
种的胡萝卜可以吃了
第二天，就回去了
路上，买了些水果
还买了一条狗

大寒

裹得严严实实
绒帽，口罩，手套
等身的棉衣
大妈提着鬼头鱼
像灭绝师太
提着屠龙刀
零下三十度的东北
什么都硬了起来
柳条，草，大地，水
有个学生将黄老师
按在地上，砸破了头
用半斤猪肝

跑步者

他说得练练拳击
遇到危险，可以自救，也可救人
后来觉得不合算，放弃了
如今每天早上
可以看到年已不惑的他
在操场上，练跑步
秒针一样，跑得比别人卖力
仿佛后面真有什么
在追赶

望天门山

坐不起了，会走到窗口，望一望天门山
等水开，等水凉，也会望一望

天门洞，有一线灯下到山谷
歌舞剧《天门狐仙》开始了
演员真不容易，每晚都要经历一次的生死离别

一本旧书，十分钟没找到，也在窗口站一站
天门山真好，总是在那里

白家庄204号出租屋

1

提一铜壶凉水，满头大汗地回来
在天坪，叫妈，没有人应
进了堂屋，叫爹，也没人应
灶房里，大姐也不在
火，在灶膛里红红地烧
跑到里屋叫二姐，依然没有回应
拼命地喊，一个个地喊，一遍遍地喊
直到把自己喊醒

2

黑暗里，到处都是滴答的时间
仿佛在一个混凝土大坝的深处
水，正从四面八方渗出来

3

死死地抱住那只羊
在零下三十多度的暴风雪中
阿吉奇迹般地活了下来
羊也活下来了
想起这个故事，因为窗口
风吹着铁管的哨音
让我紧紧地抱住了被子

4

南瓜越长越大，总担心掉下来
问母亲：要不要找什么撑住
母亲说不用，藤提不起了，瓜就不会长了
于是，那只南瓜，一直在故乡悬着

第三辑

以篙为矛，对抗流水、流逝和岸

行吟者

横断山脉抱着四川盆地，祁连山脉抱着柴达木盆地
昆仑抱着塔里木盆地，天山抱着准噶尔盆地

伤痕累累的黄土高原，将黄河揽在怀里

抱着双臂，在黄沙梁子坐着
群星聚集在头顶

我信任背后的水泥电杆，如同信任一棵结满菩提子的菩提树

藏羚羊

藏羚羊胆子很小，常被自己的影子吓跑
为了安全，怀孕的藏羚羊，每年会跋涉三百公里
到与世隔绝的卓乃湖产仔

在唐古拉山，遇到修路，不敢过
踌躇两天后，才越过工地，动物学家说
不是胆子变大了，而是肚子太痛了

但是在卓乃湖，有摄影师拍到，一只产完仔的藏羚羊
以耳为角，撞向一头青藏狼

秃鹰飞去

把青砂岩当成枕头，当雄草原就是张大床
一万平方公里

把背包当成了一个人，越搂越紧
意识到错了，松开手，睁开眼

秃鹰也意识到错了，翻过雪山，去了另一座雪山

出云南记

不管云来云去，云少云多，云白云黑
天，始终平静

坐在风中，端详众生
梅里雪山一样
我拒绝融化，拒绝征服，拒绝开满山的花

等你想起来，我已掉头而去，金沙江一样
二十七座水电站都锁不住

黄叶村的雪

矮胖，小眼睛，一样的害怕温暖
小女孩堆的雪人，是我的塑像

雪，越下越紧，卧佛寺传来警钟
林冲就是这样走失在风雪里的

不能再往前走了，贾宝玉就是这样走失在风雪里的

黄河颂

源头的庙里，只有一个喇嘛
每次捡牛粪，都会搂起袈裟，赤脚蹚过黄河

低头饮水的牦牛
角，一致指向巴颜喀拉雪山

星宿海的藏女，有时，会舀起鱼，有时，会舀起一些星星
鱼倒回水里，星星装进木桶，背回帐篷

王村

过些年，我会回到王村的后山
种一厢辣椒，一厢浆果，一厢韭菜
喜欢土地的诚实，锄头的简单，四季的守信
累了，就去石崖上坐一坐
那里可以看到深青的酉水

我会迎风流泪
有时候，是因为吃了生椒
有时候，是因为看久了落日
有一次，是因为看到你，提着拉杆箱
下了船，在码头上问路

夕阳之歌

等蜻蜓选定了落脚的稻叶
等花头巾的客家女人，取下了孩子背上的书包
等牛羊全部过了木桥
夕阳才沉下去

英雄

西西弗斯，推着石头，反复地推
无休无止地推

屎壳郎，一生都要推粪球
要到顶了，又滚了下去
同时滚下去的，还有黄土高原的落日

五十七岁的秦大娘，每天推着儿子，去朝阳医院

水滴

水龙头坏了
北京的水滴，和白岩寺的一样
呈椭圆形

像一滴星光不溶于夜
像一滴水，不溶于生活的油腻

我终会离去
像一滴水
离开你的眼

马歌

想买一匹马，有平整的雪原
有老路、空谷和古战场，在等待马蹄

想买一匹马
我的疲惫和重负，需要马鞍

想买一匹马
等红灯变绿，策马出城
他们像看神经病一样看我
我像马一样，看他们

想买一匹马，远放终南山下
马吃草的样子，像在亲吻大地
我给马梳鬃毛的样子
像在给你梳理长发

想买一匹马，沿玄奘的路

渡黄河，经河西走廊，穿黄沙茫茫的莫贺延碛

眼里尚有泪水

世上已无经书

孤独辞

比我更孤独的，是青藏高原

山，因此只长石头和雪
雪，因此不能融化
那么多好看女子，因此穿上了袈裟

后视镜里，随着我的远去
青藏高原的孤独，还在加深

最孤独的，是那把遗失在浪拉雪山的月牙尖刀
银质的刀鞘，还在我手上

我在王村的日子

走左边小路，穿过瀑布，听泥沙俱下的春水，作狮子吼

出来，看赶场的船和赶场的人，被春水一一送走
看春水吞吐岸的舌头

会坐很久，一条河流蕴藏的真理
往往多于一个时代

会坐到天黑，相比于遗弃落日，我更愿意接受落日的遗弃

沙歌

花了七七四十九天，他用沙子
创作了一幅画

沙砾，在最正确的位置上时
会变成细胞，会产生体温、呼吸和力量

展出引起了轰动
都认为是接近完美的杰作

观众越来越多，朋友建议收门票
他摇头：作品还没有完成
蹲下去，目光痴迷，如注视着深爱的女人

突然，他奋力一掀
沙毯上所有的人物，背景，故事，细节
都变成了沙砾，落在地上

等人们惊魂稍定
他说：现在，完成了

盐歌

“神啊，什么时候才能背完这沉重的水”
晒盐的女人下江底背卤水，一天往返五十回

木槽里，猎人将盐抹上刀刃
等麝鹿，把舌头舔没，等麝鹿，血尽倒地
又用盐，把肉腌好，等封山的雪融化

牧羊人身上都带着盐
盐能让最骚的公羊听话
盐能将金沙江的石头煮成咸鸭蛋
下酒

北方

大风往南，我们往北；大雪往南，我们往北
大河往南，我们往北

锡林郭勒，科尔沁，兴安岭，呼伦贝尔
话，越走越少，草，越走越青

我们停下来的北方，几十万亩的星空，不掺杂一粒灯火

王村渡

成天坐在水边，像一个古渡对着另一个古渡
像一个病人对着另一个病人

我有病入膏肓的痴狂
我有命不久矣的恐慌

服药一样，吃故乡的油宵粑粑
绝症让我如此矫情，看到每一个日落，都想感恩

黑光

黑光在手机通讯录上，没删
凌晨两点，写完诗，还不想睡
拨了这个名字，竟然是通的
嘟，嘟，嘟，嘟……
紧张起来，怕那头传来的
是嘶哑的非人类的声音
还好，是个女声，很有礼貌
说她不叫黑光，也不认识这个人
我说，多次打过这号，不会错
他是写诗的， 信佛，本来叫程艳中
安徽怀宁人，出过诗集《人生虽长》
得了尿毒症，木棉开花的时候
死于深圳……
她骂了句神经病，把电话挂了
我继续对着手机说
——死的时候，四十六岁

在张家界火车站

夜里送聂权、李点、蓝野
黎明送张执浩、林东林、毛子
雨雾中送张战
这两天，不停地把心爱的东西
一件件送给人间
还好，王单单和敬丹樱不要我送
算是他们自己走失的
把包递给余秀华，看她走进检票口
转过来，广场没有一个人
两手空空的感觉，有点不适应
于是，买了一袋石榴提着

仿蒋捷听雨

少年听雨如念诗，有点押韵，有点抒情
仄仄平平仄仄平

中年听雨如念经
不生不灭，不减不增，不垢不净

晚年听雨在床上
一点一滴，一点一滴，滴入血管无声息

高德导航

进入黑夜，进入荒野，恐慌起来
把她当成了失散多年的大姐，言听计从
她似乎也有些紧张

最终，还是错了
这是条绝路，无数看不见的生命，在草丛里嘶叫
墓碑上，搁着一块白森森的月亮

可是她，还在叫我往前走

烟花

火药是种药，辟瘟、疗伤—— 吃火药的人，开口就有硝烟
火药用于武器，是人类的一大错误

不敢在人多处久坐，不敢在寒夜里向火
吃火药的人，经常独自去水边看水

我会燃烧，如果谁关掉子夜的星空，如果谁递来隔水的目光

回永顺记

从青藏回来
她打来电话
问到了哪里
我停下摩托
说到王村加油站了

过一会儿
她又打来电话
问我到了哪里
我停下摩托
说到牛郎坡了

她又打来电话
我停下摩托
说到了哈妮宫
还有一个小时
她说，开始做晚饭了

她又打来电话

我说到了吊井岩
飞沙坡修路
不得已绕道
哦，她说还有半个小时
菜做好了

路边有爱吃的
蒿子粑粑
也不买
我要把饥饿
带回家

下起雨来
也不加雨衣
我要把寒冷
带回家

农耕文明

套在牛角上，绳子有一千多斤
穿过牛鼻孔的绳子，只剩了四两

见过一头黄牛，为了找邻村的母牛
让棕绳，锯开了鼻子

没有鼻子的牛，用不成
只能宰了卖肉

卖得很便宜——农耕时代，人们都不兴吃牛肉

塔克拉玛干沙漠的水井房

“一百米深
阴间抽来的水
凉，碱又重
只能浇红柳
洗衣服，脱色
洗澡，脱发”

“前面的老戴
喝完酒
嚷着要回四川
没穿反光背心
被高速的大巴
送去了阴间”

“怕他敲门，有时半夜
也把柴油机开启”

“我能在马达声里睡觉
小时候，老家的青蛙

也这么叫”

“肉苁蓉要吗
女人走了
留着也没用
便宜卖
野生的，劲很大”

曾师傅
像一台大功率的柴油机
说个不停

借宿的旅人
像另一台大功率的柴油机
响起了
重金属质地的
鼾声

水磨河小调

在榆树下写诗，渴了，喝左边的水
再渴了，喝右边的水

睡一觉醒来，继续
在榆树下写诗，有榆叶，落进水里

水是有手的，会拉你下水，会迟迟不让你起身
西北的河流，都有大得惊人的床

关于塔克拉玛干沙漠的回忆

拍胡杨，把大半瓶矿泉水，忘在沙丘上了
渴水的沙和渴望自由的水，隔着塑料
据说，塑料在沙漠里，完全降解，要一万年

半边街

一小半晴天，一多半阴晦和风雨
一小半日子还没来，一多半日子已过去
一小半的过去可以记起，一多半的过去都是空虚

一多半樱桃鸟吃了，一小半樱桃在篮底
一多半大悲伤，一小半小欢喜
一多半过客从外地来，一小半过客，就住在这里

黄土谣

到了两千米的地底下，人会变成鬼

矿洞挖穿了，遇到邻矿的人
主动递烟，主动道歉，主动撤退
撤退不到半个小时，炸药炸了

黄土高原是个大包子，莜麦和菜花是表面上的褶
馅，在地底下

苍凉辞

在黄河里游泳，青藏高原的苍凉，侵入肌肤
开口唱歌，长调的苍凉侵入肺腑

探望隐居沙漠的故人
眼神里的苍凉，是天山的雪

世俗苍凉如铁，生命苍凉如瓷
大西北，几百万平方公里的阳光，都无济于事

焉支山油菜花歌

花海里，除了采蜜的蜂，还可能有偷蜜的熊
猎人达隆说，遇到熊，不能转身就跑
要面对着它，慢慢地退
棕熊害怕人脸，吃人，总先把脸撕碎

见过一瓢花蜜，晨曦里，琥珀一样透亮
丝绸一样，垂到瓷碟里的油饼上
就会明白为什么，养蜂人的女人像棕熊一样胖
女儿，像小棕熊一样胖

狗尾草歌

摩托车头，插了茎狗尾草
续上狗尾，陌生的事物，都会亲昵起来
续上狗尾，哪条路都像回家

从湖北摇过了河南，从山西摇到了内蒙
有了灵动的尾巴，阴山就像一只黄狗在前面
乐颠颠地引路

大地谣

落下那么多杏子，我只捡到六颗完整的
其余的，都被大地吃掉了

在西乌旗草原，亲眼看见一只死去的绵羊
雪糕一样，被大地吮化了一半

在西乌旗草原睡着后，裸露的脚踝和脖子，又麻又痒
感觉有舌头，在尝试我

女人论

相对于怕黑，女人更怕晒黑
走了那么多河流
没见到一个女人垂钓

美，是核心利益，寸步不能让
用美颜相机自拍，是天经地义的

吴庆梅六十八岁了
执意要拿出十万的私房钱，做拉皮手术
她想漂漂亮亮地去见阎王

因为耽于美，大多数女人
比老伴活得久

等女人下楼，如同等太阳下山
催，是不管用的

沙赋

1

为何无缘无故地流泪
你的眼里
是不是，有一粒沙子取不出来

2

都说李冬春的身体
由酒和愤怒构成
事实上，只是一盒粉末
专家说，巴丹吉林的沙
很大一部分来源于巍峨的贺兰山
粉末，是不是
世界的本质？

3

谁也无法阻止沙的剥落

谁也无法阻止时间
有的佛，没有了脸
有的佛，没有了踪影
龙门石窟的游客们没有发觉
踩着的，和瞻仰的
是同一物质

4

抓起一把巴丹吉林的沙
手，就是沙漏
时间和沙漠一样
荒芜而壮丽
和一只蜥蜴对视
和贺兰山对视
为何无缘无故地流泪

5

为何无缘无故地弯下腰去
腹部，是不是
有沙子在磨砺
“疼痛，将是我们献给这个世界
最后的珍珠”

6

谁也无法阻止沙的聚集
沙砾聚集成沙丘
游客的眼里，那是一尊尊佛
袈裟褶皱糅合
他们在沙上写永远相爱的字
在牧人的眼里
那是一支攻城掠地的军队
腾格里、毛乌素、巴丹吉林、乌兰布和
四大沙漠正在聚集一起
要么离开
要么掩埋

7

打开宾馆的窗子
每个行人
都是移动的沙丘
他们聚集成了
一望无际的沙漠
战无不胜
攻无不克

8

脱衣上床

有沙砾，自脸颊、后颈、胸口

酉水赋

1

经常坐在渡口
读水

2

潭里的
是哲学的水
鱼群的出现
让水有了
宗教意义

3

探入水中
捞那条翻白的小鱼
可以感受到
水的悲凉

4

雾渐渐薄了
水，流露出一些笑意
船来了

5

渡娘摇橹的样子
像在给河流作揖
木有木纹
水有水纹
布有李花纹
人有鱼尾纹

6

从此岸到彼岸
就十分钟
渡娘拾起竹篙
用有尖铁的那头
抵住了石岸

7

“少时绿荫婆娑
老了青少黄多
休提起
提起泪洒江河”
——父亲出的谜，像诗
他就是诗人
写得一手好行楷
和七律

8

“回来的一下给了”
给了她四块钱
“回来的，回来再给吧”
渡娘退回两块

9

上了岸
同船的告诉我
至少有三个人过了渡
没有回

一个害病
到长沙也没治好
一个坐牢了
一个至今不知道什么原因
是渡娘的女儿

10

赶集回来
不见了渡娘
在岸边等
船篙上
停了只水蜻蜓
像朵时开时闭的兰花

11

对船的喜欢
来自父亲的遗传
他开过碾房，放过排
那时鱼多
两斤以下的他不要
两斤以上的大肚子的春鱼
也不要

12

记得他蛙泳的样子
凶猛，霸道
将整个河面弄得凌乱不堪

13

他的梦想
就是买条篷子船
在水上渡过余生
结果，他的余生
是在大西街度过的
每天拖着板车
拖着城北社区的生活垃圾
晃着铜铃
招摇过市

14

有一次
看到他捉鱼一样
在人流中

捉乱蹿的
塑料袋

15

水竹林里
渡娘抱了满怀的笋子钻出来
水蜻蜓
识趣地飞了

16

从彼岸回到此岸
也是十分钟
问了渡娘
一条木船五千块
带竹篷
加螺旋桨，七千

17

螺旋桨伤水
每次铁船过路
都会看到有惊恐的水

跑上岸去

18

买了船
不会安螺旋桨
我以篙为矛
对抗流水
流逝
和岸

豆庄谣

不到半亩的花生地里，竟然竖着九个稻草人
全是女孩的衣服
让我生出三个推测

土地的主人很穷，这些花生对他很重要
这里的鸟，多而凶猛，会刨出刚成熟的花生
这家人有个九岁的女儿
没有玩伴，喜欢扎稻草人

看到那个大红公主裙的稻草人，又生出第四个推测
这可能是一种纪念

春辞

舌头，比爪牙，更有破坏性
猫舔了几下
整面水，都坏了，半天没有恢复过来

如果一直这么养着
如果养到自己这般年纪，女人想
猫，会不会长成一头猛虎？

猫舔水的声音，彻底破坏了剩下的夜
指头，像舌头一样，舔破了窗纸

果然，猫
已不是猫

在洪家营煮牛肝菌佐酒

菌汤鲜嫩，让我念及了你的舌头，而啤酒
让我再次念及了你的舌头

躺下，翻蒋捷词
雨滴，有了韵脚

牛肝菌有很多种，其中四五种有毒
如果一梦不醒，最先发现的
当是一个月后，来昆明看海鸥的你

每一只扑向你的绿头苍蝇
都是我

万福山

他有很多名字，张振华、张教授、华哥、华郎、郎、老公
有个名字，白天还不好意思叫
慌乱中，她只叫了一个字“你——”
泪就出来了，“你让我找得好苦啊”

她也有很多名字，陈小莲、阿莲、莲、小怜、小宝贝、女菩萨
每个名字她都喜欢，叫哪个，都会应
“女施主——”
他躬下身去，双手合十

很久以前，他双手这么合着，叫她猜，她猜是板栗
打开一看，是枚戒指

每个生命都是奇迹

剥乳房一样，剥凉薯。又干又黑的土壤里
竟然长出这么白的白，这么多的甜

用来生火的玉米秆，经慢条斯理的
咀嚼后，成了鲜美的水牛肉

辣条，五毛钱一袋的垃圾食物
经过阿依的咀嚼，成了十一岁的少女的一部分
健康话多，爱唱土家山歌

多年后，子弹变成金龟子钻出土壤，金属光泽还在
速度却慢了许多

无事溪

无事溪边，每天都有新鲜事
昨晚来了阵雷雨，早上，悬崖上多了一条瀑布
第三天，瀑布被收走了
种狗尾草的人，又晾出了一条浅灰的吊带裙

别人种花、种菜，她却要种狗尾草
谁也不知道为什么
种狗尾草的人，有着逃亡者的胆小和多疑
那天无事，赤脚过溪去看，狗尾草纷纷摇起了尾巴

姐姐

刘云帆总是一个人拿着手机，一言不发
从来没有伙伴打电话来

总是一个人面对冷嘲热讽，不敢向我说
总是一个人骑单车去雨中，去梯子岩水库或者别处
又一个人回来，自己炒饭，洗衣
然后又一个人拿着手机，一言不发

没有姐姐，会少却三分之二以上的依赖、眷念和遥望

牙歌

冬天，水会长出牙齿，将收卡的渔夫
双手咬出了裂口

挖掘机是獠牙；钉子户是虫牙
诗人，是永远红肿的智齿

最需要象牙装饰的是大象，你有两颗小鼠牙已经足够

备忘录

一、我从湘西永顺县来，要到恒河去

二、写诗的初心：有话要说
三、不赞美邪恶

四、欠儿子一辆山地自行车
五、欠妻子一个道歉

六、王单单，欠我五千块钱
七、这尘世，欠我一场五千公里的雪

陶艺人认为女人是泥做的骨肉

看着泥巴流出光，溢出彩，陶艺人觉得
自己在创造生命

捧着陶笛，又想到那个女人
她的身体里，也有如此激越的声音

怎么会看上批发卫生洁具的商人
陶艺人本来想当面问问，在一群坛子面前一坐
就静了下来

坐久了，也就空了

我喜欢粗陶胜过精致的瓷

做一只陶罐真好，会被那个女人抱走
陶壁，吻合腰线

装一罐清水，在菜地边
白天浇苦瓜，晚上，养一只丰满的月亮

落雨的日子，她会把我抱进屋里，装紫薯酒
酒喝完了，我一直空在那里

邻居，会拿我来装她的骨灰

最后的骑士

1

这年头
一匹马
没有一头驴值钱了
因为马肉
没有驴肉好吃

2

跌倒的骑士
爬起来
看到了满地的蒲公英
金币一样
跌倒的骑士
继续上马
骑士的马
被路人称为小毛驴
马矮，骑士也矮

天也矮

3

难怪他们迷恋
所有的抚摸和引导
不如一根马鞭
一截废弃橡皮水管
让一匹八千五百元的蒙古马
瑟瑟发抖

4

过了伊敏河
骑士给马
编了一根小辫子

5

马鞍将骑士的屁股
磨出了茧
骑士的屁股
也将马鞍上的银饰
打磨得闪闪发光

6

草原是壮丽的

壮丽的事物往往也是单调的

枯燥的、呆板的

于是马有了个名字：小铁

一块沉默的铁

一块胆小的铁

一块方向像长矛一样

坚定的铁

7

大河向南，我们向北

大风向南，我们向北

大雪向南，我们向北

大时代向南，我们向北

8

二十公里

没有一张铁丝网

骑士高唱《嘎达梅林》

策马狂奔
火车为之长鸣
夕阳，追光灯一样
打在骑士身上
杂交山羊四散奔逃
毛驴回避，行注目礼
肉牛停止吃草，行注目礼
苍蝇远远地
抛在了身后
风，又多又疾
草原的尽头
似乎有一架巨大的风车

9

骑士纤夫一样
拉着马
出现在城市
车主怕踢坏了车灯
外公怕踢伤了孩子
那么多的马路，没有一根拴马桩
马，战战兢兢
生怕踩疼了水泥砖
它不知道

多年以前，多年以后
这里都是草

10

燕麦草没抽穗
半尺多长，全是嫩叶
科技路上，马舍不得走了
马吃相贪婪
但不吃花
骑士坐在水泥台上
也折了一茎草
含在嘴里
细细地嚼

11

哪里来？锡林郭勒
去哪里？额尔古纳河
为什么骑马？不想坐车
无人区吃什么？干粮
怎么过夜？野地里，带有军大衣
马是不是偷的？
穿制服的很认真

骑士有身份证，马没有
骑士会辩解，马不会
还好，骑士会微笑，会递烟
赶快清理马粪，拉出城去
穿制服的人说，领导看到了
会直接罚款
这可是文明卫生城市

12

骑士
用塑料袋套在手上
蹲下去捡
一颗颗
由伊敏河水和
呼伦贝尔青草
组成的圆球
温暖，柔软
而易碎

我在凉山的日子

1

村东的山坡上，有一座学校
村西的山坡上，有一座破庙
如果学校找不到，就在庙里
如果庙里也不在，那是因为你没看见
我躺在秸秆堆里

2

有必要赞颂一下老柳
与滇杨并排的那棵
矮小，多瘤
不能做家具，也不能烧火
有一次，背柴的黄老师
滑下来，被它拦住了
直下二十丈 是条土路
路面铺满了杨树叶
秋天，就是沿这条路走出村子的

邱小娥的父亲也是

3

山村并不宁静
松毛垛上的公鸡，中午还打鸣
木匠出身的黄老师
修着一张课桌
电锯的转动，还可以忍受
木头叫喊
让人想起邱小娥的母亲

4

凉山，之所以这么凉
因为风太多，风太大，风太响
将镇上做泥水匠的父亲
刮下了脚手架
黄豆地，隆起了红土堆
邱小娥写作业的手，隆起了红冻疮
邱小娥，三个普通的字
按顺序放在一起，就有了魔力
叫一次，就有一张脸
向日葵一样，转过来

5

山村的夜，果然很长
可惜忘了带口琴
披衣，下床，去叫黄老师
答应我的，是一只叫火苗的狗
铁链，让人不太放心

6

篮球砸向地面
一个变向，过掉影子
后仰跳投，球空心入网
凉山的月亮，是一个二百五十瓦的大灯
照得见水泥地上的裂缝

戈壁夜

有些石头，因为吸收了太多的黑暗，慢慢成了煤
有些石头，吸饱了月光，成了和田玉
信赖人间的石头，孵出了一堆小石头
什么都不信的石头，孵出了蝎子
胆小的石头，缩成了一团
更胆小的石头，在风中，低低地呜咽
一双绿茵茵的狼眼，让满天的星斗，黯然失色

韩信岭

米白波浪裙的女子，上了运煤车

理解长途货车司机
长年与收费站、交警和煤老板打交道
谁都需要慰藉
——可惜了好看的绾螺髻

到车头才发现，她就是师傅

玲珑的女子，驾着五十吨的黄河大卡车，出了韩信岭
黄土高原从此变成了华北平原

毒蛇传

做减法，减掉欲望，减掉朋友
减掉翅膀，减掉四肢，最后成了蛇
少量的毒，是我最后的敌意

钻进帐篷，破坏了古老的秩序
惊叫带有尖牙，鸡尾酒洒在地毯上
他们将我赶回风雪

你把我抱进怀里，取下围巾
围住了脖子，就围住了我的七寸

怀疑你的前世，是个农夫
我们的今生是个寓言
不该吻你的，不该吻得那么深、那么动情
寓言和童话的区别，就在结尾处

忘记你的过程，像在蜕皮

塑料赋

1

便宜的、一次性的塑料，可以塑造出高贵和高傲
以守望者的姿态，对抗时间

2

服装超市关门了，父亲捡了个塑料模特
扛进山谷，当成稻草人，放在地头
每次都会吓到我
几年后，父亲不在了，地也荒了
塑料模特，依然在空谷守望，依然吓了我一跳

3

情书不能抵达的，塑料能够抵达
曾在珠穆朗玛峰下的冰川上看到，一个大红的塑料袋
像火狐狸一样奔跑

4

大红的塑料花在坟头开放的时候
漫山遍野的野蔷薇、桐子花、土姜花、铁线莲
都黯然失色

5

走过去，将一束珍珠梅插在她的双臂之间
塑料模特无动于衷

6

顺着塑料模特的目光
可以看到菩萨岩

7

夕阳完美得有点假，像一件艳丽轻薄的塑料制品
被风吹了下去

新藏公路上

对铁制的事物，我向来缺乏信任
在黑卡达坂，看到一辆小货车
趴在加长大货的背上
撞瘪了头，司机凶多吉少
小货车看不出半点羞愧和悲伤
扭曲的铁壳，还冲着我狞笑
对于铁，我始终保持着警惕
过红柳滩，铁链突然断开，牧羊犬扑了过来
摩托驮着我，狂奔了三公里
害怕的时候，摩托车会像牛犊一样
哞哞叫

触电

水，突然漏电了
她倒在了地上
五岁的儿子
总也叫不应妈妈
抱着玩具挖掘机
打开了浴室的门
无法断电
我能中断的
只是这首诗

寄八大山人

一个爱翻白眼，一个低眉顺眼
一个把天看作一捅就破的纸，一个把纸，看作天
一个把他人当成深渊，一个把闹市当成深山

一样的袖手旁观，一样的满目荒寒
一样的举不起放不下胸中的巨石，一样的画不好她的样子

流浪溪

芦苇丛中，那些正襟危坐的男人，都是骗子
他们投放的鱼食中，都暗藏锋利的钩

鱼眼，瞪着小女孩
鱼嘴，不停地张合

小女孩也是个“骗子”，把鱼放回流浪溪，然后说鱼跑了
——“该死的鱼，竟然装死”

晚晴

瘸腿的拾荒者，取下草帽，露出狮鬃般的长发
农妇直起腰来，群山伏了下去

彩虹，是落日给人类的加冕
牛羊鲜艳，天地酡红

看到落日的，落日看到的，一一被赠予了光辉

柚子谣

小男孩摘下柚子，也不吃，当球踢
累了，抱着柚子，爬上吊床

斑驳的阳光，将男孩变成了一只熟睡的小花豹
将柚子，变成了斑驳的足球

小满

每一头小猪，都有一条快乐的尾巴
每个插秧的女子
都有一个美丽的屁股

——小满来了！小满来了
人们纷纷直起腰

小满是幺妹的名字，乳房刚刚发育
提着一壶凉水
脸上满是汗水和骄傲

纸命

1

用一个下午，与白纸对峙
最终，退却的是你

2

你握着笔，像林教头
握着他的矛
有段时间，总也找不到纸的破绽
翻过来才发现
躲在纸盾后面的
是另一个自己

3

有些纸，在蒙受不白之冤
有些纸，变成了钱

4

“与其让白纸背负黑字
不如糊成瓦片风筝，去背负苍天”
风筝比大雁听话
只是孩子的目光，让空中的纸
不堪重负

5

那些大雁，去了哪里
那些字，再也没有回到纸上

6

有人用满板车的纸
换一张钞票
有人用钞票点烟
有人，烧收到的情书，煮水
有人，烧寄不出去的情书，取暖

7

张爱玲回的求爱信

是一张白纸
——“你自己填”
在伊犁的喀拉峻
大地给你一片没有足迹的雪原
——“你自己走”

8

真的经文，是无字天书
苍天，这张白纸
只有强壮的烟囱，敢于涂抹

9

“想不想要一支无敌舰队”
小外甥将表格全部折成了纸船，
放入了无事溪

10

用一生与白纸对峙
最终，退却的，肯定还是你

11

“我的挽联，只用白纸

不要书写”

你对儿子说

只有白纸

配得上钢筋水泥的柱头

12

只有雪白的白纸

配得上这轻薄的命

汪家庄的白杨

起风了
水柳在摇，椿树在摇，棠棣在摇，板栗树也在摇
有鸟窝的白杨，摇动幅度最小

戊戌年晚春的抒情

1

爱夜晚
深夜还做事
做完事还骑摩托出行
舍不得那些
深夜里发光的事物
星星、手电筒
以及窗子

2

爱白天
雨天也爱
阳雀开叫、桐子开花
苜蓿田的开犁
蚂蚁搬家
都是人世间的
大喜事

3

我爱母亲
她怕芝麻虫
胜过怕蛇
最近又有些怕我了
越来越听话
按时散步
按时吃药
按时量血压

4

我爱妻子
攒家、持家、交际
像我的母亲
练歌的时候
缠着我说话的时候
坐在摩托车后座的时候
又像我的女儿

5

我爱儿子
比我当年还自卑

不再想方设法地逃学
前几天
省下伙食费
带回了两袋奶糖
吃得他母亲
今天的嘴，都还是甜的

6

我爱那些山
天山、兴都库什
昆仑、喀拉昆仑
唐古拉山
念青唐古拉山
都有雪，都有鹰
让我可以
抬起头来

7

我爱那些水
羊卓雍措
额尔古纳、乌伦布
额尔齐斯
怒江、澜沧江

澧水、猛洞河
以及风溪
都可以
还我清白

8

我爱这具肉体
粗陋但耐用
沿着这么难走的路
走了这么久，这么远
人都没有了
他还在走
路都没有了
他还在走

9

体内
有些坚硬和疼痛
有些光芒
在堆积、磨砺
发炎、红肿、结晶
最后钙化成

有珍珠光泽的文字
那是我
最爱的诗歌

10

爱的越多
越怕死。越怕死
越爱乱想
——如果我死了
就会彻底地失去
所有的所有——
妻子会去找
另一个男人
带着钱财、房产
带着我买的翡翠手镯
带着我的儿子

11

如果我死了
最可怜的是母亲
会大哭，会骂天
会撞墙

她有脑动脉硬化和高血压
甚至可能发疯
见过发疯的许四娘
在大西街
抱着邮筒
喊儿子的小名

12

如果有人
抢我的摩托车
我不会反抗
只要把命留下
让我还可以
在这片土地上
用脚漫游
用手写诗
临走，会把头盔
也给他

13

如果真有老天爷
如果他真的懂天理

如果他真有眼睛
如果他盯着
我的眼睛，问
愿不愿意，作为祭品
换取人世的
诚实和公正
扪心自问，我会说
“我愿意”

14

说的时候
会很轻
很轻
尽量不让母亲听见

感谢辞（跋）

感谢你们承认我是诗人
你们承认的，其实是生命、爱和希望

感谢你们念我的诗
你们念的，其实是生命、爱和希望

感谢你们给我赞誉，你们赞誉的，其实是生命、爱和希望